© studio nemoane

조예은

1993년에 태어났다.
장편소설 『뉴서울파크 젤리장수 대학살』,
소설집 『칵테일, 러브, 좀비』가 있다.
제2회 황금가지 타임리프 공모전에서
「오버랩 나이프, 나이프」로 우수상을,
제4회 교보문고 스토리 공모전에서 『시프트』로
대상을 수상했다.

스노볼
드라이브

오늘의 젊은 작가 31

스노볼
드라이브

조예은
장편소설

민음사

차례

스노볼 드라이브   7

작가의 말 227
추천의 말 229

모루

녹지 않는 눈이 내린 지 7년째 되는 해였다. 이모가 사라졌다는 연락을 받았다. 그 소식을 듣기 직전까지 나는 센터에서 눈을 소각하고 있었다.

*

김 씨의 육포 공장은 센터에서 한 시간가량 떨어진 곳에 있었다. 붉은 녹이 묻어날 것 같은 철문을 밀고 들어가자 안에서 퀴퀴한 기름 냄새가 쏟아졌다. 김 씨는 다리가 휜 안경을 끼고 낡아 빠진 1인용 소파에 앉아 담배를 피우고 있었다.

"왔어? 앉아."

오는 데 한 시간. 그렇다면 돌아가는 데도 한 시간. 주영과 오후 스케줄을 맞바꾸어서 온 탓에 시간이 얼마 남지 않았다. 나는 곧장 김 씨 앞으로 다가가서 챙겨 온 물건을 꺼내 보였다.

"이거, 이모가 가지고 다니는 거 본 적 있어요?"

버려진 이모의 트럭 안쪽에서 발견된 유일한 물건이었다. 스노볼. 투명한 유리 안에는 아기자기한 건물들이 마을을 이루고 있었고, 밑판은 황갈색의 단단한 금속 재질이었다. 쥔 손을 조금이라도 움직이면 스노볼 안에서는 끊임없이 반짝이 가루가 떨어져 내렸다. 사시사철 눈이 내리는 요즘의 세상처럼. 그래서 스노볼이 싫었다. 작은 손짓으로도 뒤집어지는 세상이 도무지 아름다워 보이지가 않았다. 나는 그것을 김 씨 앞으로 들이밀었다. 김 씨가 눈을 가늘게 뜨고 물건을 훑더니 이내 고개를 저었다.

"내가 윤 씨가 가지고 다니는 물건을 어떻게 일일이 알아? 같이 살던 사람이 더 잘 알겠지. 일단 내 기억에는 없어. 네 이모가 그런 물건 챙기는 스타일도 아니고 말이여."

그의 말이 맞았다. 그렇기 때문에 더더욱 이상한 것이다. 나는 질문을 약간 바꿔서, 다시 물었다.

"그럼 평소에 이런 거 가지고 다니는 사람 본 적 없어요? 뭐, 파는 곳이라거나 공장이라거나 기억나는 거 아무거나요."

"생각나는 게 있었다믄 내가 뭐라도 말했겠지."

"이모랑 마지막으로 거래한 게 그쪽이잖아요. 10년 가까이 같이 일했다면서요. 혹시 이상한 점은 없었어요? 아니면 말이라도. 어디로 간다든가, 누구를 만난다든가, 뭐라도요."

타닥, 타다닥.

컨테이너 박스 위로 겹쳐 올린 슬레이트 지붕에 뭔가 떨어지는 소리가 났다. 김 씨가 한숨을 쉬더니 자리에서 일어나 반쯤 열린 창문을 닫았다. 그를 따라 창밖을 바라보았다. 또 눈이었다. 녹지 않는 가짜 눈. 그러나 진짜인 것처럼 계절도 상관없이 펑펑 쏟아지는 눈. 지긋지긋하게 반짝이는 눈송이들. 김 씨가 허리를 두드리며 다시 소파에 앉았다.

"우리가 대화를 많이 나누는 사이도 아니었는데 내가 뭘 알겠어."

그러고는 소파의 뜯어진 가죽 부분을 만지작댔다. 뜸을 들이는 것이 할 말이 더 있는 듯했다. 다시 그를 다그치려는 찰나에 노인이 입을 열었다.

"윤 씨 눈이 많이 안 좋았다며. 그래서 운전 일 그만둔다더만. 하나뿐인 조카 사지로 밀어 넣게 생겼다고 심란해했어. 알지?"

나는 고개를 끄덕였다. 이모는 내가 겉만 번드르르한 눈 소각장에서 일하는 걸 끝까지 반대했으니까. 그 일로 크게 싸왔고 결국 화해하지 못했다.

외풍에 창틀이 세게 진동했다. 눈발이 심해지고 있었다. 돌아가는 길이 험할 터였다. 노인에게 정말로 얻어 낼 것이 없다면 눈이 더 쌓이기 전에 센터로 돌아가야 했다. 괜히 시간만 버린 꼴이었다. 나는 스노볼을 재킷 주머니에 넣고 모자와 마스크를 썼다. 뒤돌아 나가려는 순간 노인의 들릴 듯 말 듯 한 목소리가 나를 붙잡았다.

"윤 씨 마지막 거래 상대는 내가 아니었어."

고개를 돌려 노인을 바라보았다. 녹슨 안경을 쓴 얼굴에 거짓을 읊는 자 특유의 불안이나 동요는 잡히지 않았다. 그는 나와 짧게 눈을 맞춘 뒤 시선을 틀어 창밖을 보았다.

"저놈의 가짜 눈이 언제까지 오려고……."

나는 노인 앞으로 다가가 보풀이 일어난 녹색 조끼를 틀어쥐었다.

"뜸 들이지 말고 빨리 말해요."

"나도 자세한 건 몰라. 하지만 마지막에 만났을 때 윤 씨가 전화를 받는 걸 들었어. 급하게 뭘 옮겨야 한다는 전화였던 거 같아. 그 전화를 끊고 나에게 일을 그만둘 거라고 말했고. 내가 무슨 일이냐고 물으니 웃으면서 퇴직금 마련하러 간다고 했어."

"퇴직금?"

"급한 일일수록 보수가 높으니까."

나 때문일까? 이모는 내가 눈 소각장에서 일하는 게 싫어
서, 그래서 고작 몇 푼의 돈을 더 벌기 위해 위험한 일을 받은
걸까? 사실 비약일 수도 있다. 비약일 가능성이 크다. 운송업
을 그만두기로는 했다지만 평생 트럭을 몰며 살아온 이모로
서는 상실감이 컸을 테고, 때마침 들어온 괜찮은 보수의 일을
거절하기 힘들었을 것이다. 내가 아니어도 그렇다. 그뿐이었을
것이다. 나는 바짝 고개를 치켜드는 죄책감을 애써 잠재웠다.
이모가 마지막으로 옮기려 했던 무언가와 스노볼. 확실치는
않지만 지금 좇을 수 있는 것은 그게 전부였다. 고개를 돌려
다시 시간을 확인했다. 이제 정말 돌아가야 했다.

사람답게 살기 위해서는 돈이 제일이라고 생각하던 시기가
있었다. 그런데 이제 와서 보니 그런 건 아무것도 아닌 것 같
다. 나는 노인의 앞에 담배 한 갑을 내려놓고 육포 공장을 나
왔다. 눈이 쏟아졌지만 춥지는 않았다. 흩날리는 결정체에 피
부가 닿지 않게 손과 얼굴을 꼼꼼히 가렸다. 얼마나 쏟아붓
는지 그새 발목이 잠길 정도로 쌓여 있었다.

시야가 온통 허옇다. 공장 담벼락 아래 대어 둔 센터의 직
원 이동 차량에 올라타 숨을 몰아쉬었다. 마스크를 벗어 던
지고 수첩을 꺼내 노인의 이름에 줄을 그었다. 이모의 수첩에
있던 마지막 연락처였다. 열 명이 넘는 인간들을 찾아갔지만

도움이 되는 소식은 없었다. 이모는 어디로 간 걸까. 정말 경찰의 말처럼 단순 사고이거나 강도의 짓인 걸까. 나는 핸들에 머리를 처박았다. 경적 소리가 꼭 내 비명 같았다. 이모는 정말 죽었을까.

그럴 리 없다. 이모는 죽지 않았다. 나만은 그렇게 생각하면 안 된다. 그날, 이모가 사라진 당일에 무슨 일이 있었는지 알아야 했다. 내가 멍청하게 눈을 퍼 담고 태우고 있었을 그 시간에 이모가 어디에서 무엇을 했는지. 누구와 함께 있었는지. 스노볼의 주인이 누구인지 그런 것들도. 이모가 누군가에게 당한 거라면 어떻게든 그 새끼를 찾아서 죽여 버릴 것이다. 강도든 살인마든 뺑소니범이든 죽여 버릴 것이다. 그리고 다시 이모를 찾을 것이다.

차에 시동을 걸었다. 우박처럼 떨어지는 눈이 차창을 요란스레 때렸다. 그대로 눈길을 달렸다. 쏟아지는 눈에 앞이 잘 보이지 않았지만 그래도 멈추지 않고 달렸다. 꽁꽁 싸맨다고 싸맸는데도 눈발이 닿았는지, 공기 중에 노출된 턱과 손등이 가렵기 시작했다. 이미 손등에는 허옇게 각질이 일었다. 이 모든 게 빌어먹을 눈 때문이었다.

*

맨 처음 녹지 않는 눈이 내린 날을 기억한다. 2017년 6월 12일. 평소와 별다를 것 없는 6월의 셋째 주 월요일이었고, 그때 나는 학교에 있었다. 아직 초등학교에서 중학교로, 중학교에서 고등학교로 진학하는 게 당연하던 시기였다. 진로 상담이라는 걸 하느라 늦은 시간까지 학교에 남아 있는 게 억울하고 짜증났던 열다섯, 막 사춘기에 접어든 중학교 2학년.

"장래 희망 칸에 아무거나라고 썼네?"

담임이 내 성적표와 상담 일지를 나란히 꺼내 놓고 펜을 돌리며 물었다.

"되고 싶은 게 뭐라도 있을 거 아냐. 말을 해 봐, 모루야."

나는 되고 싶은 게 없었다. 그런 걸 제대로 고민하기에, 열다섯은 너무 어리고 아무것도 모르는 나이였다. 적어도 나에게는 그랬다. 그런 불분명한 미래보다는 지금 당장 내 주위를 둘러싼 것들이 더 중요했다. 답할 수 없는 것을 계속 캐묻는 담임에게 짜증만 솟을 뿐이었다. 나는 담임이 싫었다. 상담실에서 다른 선생님들과 내 험담을 나눈 것은 물론, 엄마가 손수 지어 준 이름, '모루'가 강아지 이름 같다며 놀렸고, 자습 시간에 졸기라도 하면 망치로 모루 때린다면서 정수리에 딱밤을 놓아 깨우곤 했기 때문이다. 나는 진짜 관심이 있는 것

도 아니면서 관심 있는 척하는 모든 것들이 싫었다. 학년마다
필수로 진행하는 진로 상담도 그중 하나였다. 하지만 반항 같
은 걸 할 깜냥은 없었으므로 그저 이 고역을 조금이라도 빨
리 끝내기 위해 모범 답안을 내뱉었다.

"공무원이요."

"공무원. 공무원 좋지. 안정적이고. 그런데 그러려면 공부
더 열심히 해야 해. 요새 경쟁률 얼마나 높은지 알지? 학교 수
업 더 열심히 듣고. 선생님들한테도 예의 바르게 잘하고."

담임이 혼자 고개를 끄덕이며 상담 일지에 펜을 휘갈겼다.
그 뒤에 성적이나 생활 태도에 대해서 무어라고 더 말한 것
같은데 잘 기억나지는 않는다. 이모는 나에게 듣고 싶은 말
만 골라 듣고 기억하는 재주가 있다고 했다. 나는 담임의 말
을 제대로 알아듣는 척 고개를 끄덕이면서 시계만 흘긋거렸
다. 교무실 창 너머 운동장에서 웬 욕설과 소란이 인 것은 그
때였다. 뭔가 깨지고 부서지는 소리. 그리고 얼마 지나지 않아
학생부장이 담임을 호출했다.

"3반 선생님!"

엿듣기로, 옆 반 문제아가 우리 반 부반장을 팼다는 것 같
았다. 나는 내게 기다리라거나, 먼저 가라는 말 한마디 없이
벌떡 일어서서 멀어지는 담임의 등 뒤로 가운데 손가락을 치
켜들었다. 교무실의 그 누구도 나에게 신경 쓰지 않았다. 시

간은 오후 4시 56분. 가방을 챙겼다. 담임이 돌아오기 전에 도
망치는 게 상책이었다.

"다 망했으면 좋겠다. 진짜 다 망했으면."

장담하건대, 종말을 원하는 중학교 2학년이 그렇지 않은
중학교 2학년보다 많을 것이다. 물론 내가 유난히 염불을 많
이 외고 다니기는 했지만 진짜 세상이 망하길 바랐던 건 아
니다. 나는 그냥, 아무런 고통도 감정도 없이 눈 깜짝하는 사
이에 모두가 깨끗이 사라지는, 그런 종말을 원했던 건데.

교무실 복도 쪽 창밖으로 칙칙한 후정과 쓰레기장이 보였
다. 머리를 샛노랗게 탈색한 애가 고개를 쳐든 채 하늘을 바
라보고 있었다. 콧잔등과 광대에 난 생채기가 멀리서도 눈에
띄었다. 나도 그 애를 따라 고개를 쳐들었다. 평소와 같은 하
늘이었다. 시선을 내리고 다시 갈 길을 가려던 찰나였다. 나를
보고 있던 그 애와 눈이 마주쳤던 것 같다. 푸석이는 탈색모
와 어떤 표정도 없는 얼굴.

나는 불현듯 어떤 불안감에 휩싸였다. 겁 많고 철없는 어린
애들은 불안을 피부로 느낀다. 이상하게도, 더 이상 그 애를
바라보면 안 될 것 같았다. 들키면 안 되는 것을 들킨 것만
같은 기분에 서둘러 복도 창에서 얼굴을 뗐다. 한 발, 두 발,
뒷걸음질 치다가 이내 아직 하교하지 않은 아이들 틈에 섞
여 들었다. 복도를 천천히 가로질러 걷던 걸음이 점점 빨라졌

다. 결국에는 달렸다. 도망칠 생각으로 교무실을 나왔건만, 어째선지 정말로 도망쳐야 한다는 이상한 강박이 들었다. 무엇으로부터? 발을 내디딜 때마다 오래된 나무 복도가 삐걱이는 소리가 났다. 이 거슬리는 소리 좀 어떻게 했으면 좋겠는데. 그렇게 간신히 건물을 빠져나와 현관 앞에 섰다.

6월 12일 월요일, 오후 5시 3분.

그 순간을 꽤 선명히 기억한다. 백영중학교 건물은 언덕 꼭대기에 위치해 있었고, 덕분에 학교 전경이 시원하게 내려다보였다. 운동장에는 세로 줄무늬 유니폼을 입은 야구부 아이들이 기합을 외치며 트랙을 돌고 있었고, 담장 근처 등나무 그늘에는 늦은 시간까지 동아리 활동을 하는 방송부 아이들이 둥글게 모여 앉아 아이스크림을 나눠 먹는 중이었다. 야구부 애들이 나아갈 때마다 그림자가 점점 길어졌다.

그 그림 같은 배경 안으로 달음박질하려던 순간이었다. 내 하늘색 컨버스화 끈이 풀려 있었다. 나는 허리를 숙여 이제는 회색에 가까워진 흰 끈을 단단히 동여맸다. 그리고 다시 고개를 들었다. 왜 이렇게 눈이 시린 걸까. 양손으로 두 눈을 비벼 보았다. 눈은 여전히 시렸고, 눈앞에는 믿기 힘든 낯선 풍경이 펼쳐져 있었다. 푸르른 기운이 무성한 6월의 학교에 내리는 함박눈.

그것은, 그해의 녹지 않는 첫눈이었다. 때아닌 함박눈에 아이들은 너나 할 것 없이 운동장으로 뛰어 내려갔다. 눈송이를 손으로 받고, 고개를 쳐든 채 방방 뛰며 팔을 휘저었다. 건물 안의 아이들은 창가에 다닥다닥 붙어서 핸드폰을 꺼내 들었다. 그 진풍경은 화면에 고스란히 담겼다.

나는 현관에 서서 팔을 뻗어 떨어지는 눈 한 송이를 받았다. 내 새끼손톱보다도 작은 그 결정체는 꼭 모형처럼 딱딱했으며, 차갑지 않았다. 차갑지 않은 눈이라니. 이게 정말 눈이 맞을까? 눈송이는 높은 기온과, 내 체온에도 녹지 않았다. 6월 중순, 초여름이었고, 등교 직전 뉴스에서 본 기온은 27도를 웃돌았다. 결정체의 모양이 일반적인 눈송이와는 달리 불규칙적이었다. 그리고 훨씬 밝게 반짝였다. 꼭 진짜 눈을 흉내 내어 만든 모형처럼. 그런데 곧 눈송이를 받치고 있던 손바닥 주위로 불그스름한 반점이 일어나기 시작했다. 한발 늦게 가려움이 밀려들었다.

"아, 따가워."

소리가 나는 곳을 좇았다. 운동장과 이어지는 계단에 앉아 있던 두어 명이 건물 처마 밑으로 뛰어 들어오면서 머리와 체육복에 묻은 눈들을 털어 냈다. 그들의 몸에서 떨어지는 눈은 눈이라기보다는 조금 입자가 큰 모래알 같아 보였다. 잔

우박처럼 보이기도 했다. 하지만 우박처럼 차갑지도 부서지지도 않았다. 그것들은 녹지 않고 그대로 바닥에 쌓였다. 맨 처음 따갑다고 외쳤던 단발머리가 중얼거렸다.

"왜 이렇게 따갑지? 이거 뭐야? 나 새우 먹어서 알레르기 반응 올 때 꼭 이러는데."

"내 손도 그래. 이 두드러기들 뭐야? 징그러워."

소매 밖으로 드러난 손목과 손등이 온통 붉었다. 나는 한 걸음 뒤로 물러서서 다시 정면을 바라보았다. 하늘 곳곳을 수놓은 하얀 점들이 보였다. 눈송이들은 조명을 받은 보석처럼 반짝이며 떨어졌다.

그 비현실적인 풍경에 정신 팔려 있던 나를 깨운 건 운동장 한복판에서 울려 퍼지는 비명 소리였다.

제일 먼저 뛰쳐나왔던 1학년 아이 한 명이 흙먼지를 일으키며 운동장 바닥을 구르고 있었다. 황토색으로 물든 하복 교복 밑으로 보이는 팔다리가 얼룩덜룩했다. 아이가 목을 벅벅 긁으며 신음했고, 누군가 다가가기 무섭게 왈칵 피를 토했다. 그새 쌓인 흰 눈 위로 순식간에 붉은 피가 흩뿌려졌다.

운동장은 아수라장이 되었다. 곳곳에서 가려움과 통증을 호소하는 음성이 일었고 모두들 어디론가 달리기 시작했다. 쓰러진 아이에게 CPR을 하는 체육 교사의 손목에도, 운동장을 가로지르는 보건 교사의 목덜미와 뺨에도 붉은 두드러기가 선명했다. 황급히 우산을 펼치며 달려 나온 선생들이 아이들에게 실내로 대피하라며 소리를 질렀다.

좀 전까지 훈련을 하던 야구부가 먼저 손과 얼굴, 목덜미를 감싼 채 지붕이 있는 단상으로 뛰어 들어갔고 방송부원들은 등나무 구석에서 몸을 웅크렸다. 죠스바 서너 개가 흰 운동장에서 시뻘겋게 녹고 있었다. 내가 서 있던 현관 쪽으로도 머리를 가린 학생들이 밀려들기 시작했다. 그들 모두가 불분명한 공포에 질려 있었다. 발소리, 비명 소리, 울음소리, 누군가를 찾는 소리, 넘어지고 바닥을 구르는 소리, 욕하는 소리, 깨지는 소리. 내가 알던 세계가 아닌 것 같았다. 서둘러 자리를 피해야 했지만 둔한 몸은 뜻대로 움직여지지 않았다. 마음만 앞선 탓에 다리가 엇나갔고, 앞을 보지 않고 질주하는 무리에 떠밀려 바닥을 굴렀다. 눈앞이 하얗게 물들 만큼의 통증이 일었다. 다리가 접질렸는지 제대로 일어설 수 없었다. 나는 네 발로 바닥을 기며 나를 밀친 아이의 뒷모습을 좇았다. 짧게 깎아 훤히 드러난 뒷목 언저리로 피가 비쳤다. 곧 살갗이 찢어질 것 같은데도 그 아이는 긁기를 멈추지 못했다. 누군가를 밀쳤다는 사실조차 인지하지 못하는 것 같았다.

그 순간 알았다. 나를 스쳐 지나가는 그 누구도 나를 돕지 못할 것이라는 사실을. 나는 끔찍한 통증을 견디며 간신히 일어섰다. 그리고 뒤를 돌아보았다. 조금 전보다 더 많은 수의 아이들이 현관으로 밀려들고 있었다. 발을 내딛을 때마다 접질린 발목에 통증이 일었다. 나는 절뚝이며 흙먼지와 머리카락, 딱딱한 눈 알갱이가 나뒹구는 바닥을 가로질렀다. 식은땀이 흘렀다. 뇌가 굳은 것처럼 이곳에서 어디로 가야 안전할지, 도움을 받을 수 있는 곳이 어디인지 아무런 생각도 떠오르질 않았다. 다시 뒤를 돌아보았을 때, 담임이 제일 선두에서 이쪽으로 달려오는 것이 보였다. 나는 그를 향해 손을 뻗었다.

그러나 다음 순간 담임은 내 어깨를 밀치며 스쳐 지나갔고 나는 다시 바닥에 고꾸라졌다. 누군가 손등을 밟고 뛰어갔다. 비명은 묻혔다. 무섭고 외롭고 아팠다. 이러지도 저러지도 못한 채 흙먼지와 눈송이로 뒤덮인 바닥을 더듬으며 방황했다. 등굣길부터 기분이 좋지 않기는 했지만 그렇다고 이런 꼴을 당할 줄은 몰랐지. 이러다 정말 밟혀 죽겠다 싶을 때쯤 인파 속에서 튀어나온 손이 내 옷깃을 잡아 이끌었다.

"멍하니 있지 말고 일어나!"

거칠고 낯설며 차가운 손길이었다. 그럼에도 붙잡을 수밖에 없었다.

"일어나라니까!"

바닥을 딛자 아찔한 통증이 발목을 타고 퍼졌다. 하지만 걷지 못할 정도는 아니었다. 신기한 일이다. 절박함에 고통이 둔해진 것 같기도 했다. 나는 나를 일으킨 아이를 절뚝이며 따랐다. 푸석한 탈색모가 눈앞에서 흔들렸다.

옆 반의 이이월. 나와는 작년에 같은 반이었다. 샛노란 탈색모에 늘 혼자 있는 아이. 그리고 허공을 향해 종종 혼잣말을 중얼거리는 애. 정신이 이상하다는 소문도 있다. 귓바퀴에 피어싱을 해도 아무도 뭐라고 하지 않는다. 엄마는 이 학교의 이사장이고 아빠는 무슨 회사인지 연구소인지의 CEO랬나. 어쨌든 잘 사는 집 외동.

이이월에 관해서는 할 말이 많이 없었다. 이 정도가 전부다. 딱 한 번 같은 반이었다는 사실을 제외하고 접점이 없었다. 사실 이이월은 그 누구와도 접점이 없었다. 늘 혼자 다니며 온갖 궂은 소문을 몰고 다녔고, 혼자 사고를 치고 혼자 벌을 받았다. 그런 이이월이 나를 도왔다. 내 손을 붙잡고 눈앞에서 달리고 있다. 6월 12일. 그날은 이상한 일이 너무 많이 일어난 하루였다.

이이월이 나를 이끌고 들어간 곳은 복도의 제일 끝에 있는 이사장실이었다. 안에는 아무도 없었다. 이사장조차 없었다. 내가 주위를 두리번거리자 이이월이 말했다.

"아무도 없어. 우리 엄마 오늘 지방 갔거든. 별 지랄맞은 수집품 모으러."

그제야 나는 마음 편히 손님용 소파에 앉을 수 있었다. 고급스러운 원목 책상 옆에는 책상과 세트인 것처럼 보이는 투명한 장식장이 있었는데 안에는 각종 오르골과 스노볼이 가득했다. 이이월이 말한 지랄맞은 수집품이라는 게 이건가. 나도 모르게 중얼거렸다.

"예쁘기만 한데."

이이월이 이사장실 책상을 뒤져 꺼낸 구급상자를 내 앞에 던지듯이 내려놓았다.

어디서 찾은 것인지, 구급상자 옆에는 '축 백영중학교 50주년 기념'이라고 적힌 수건도 함께였다. 수건은 부어오른 피부를 가라앉히기 딱 좋은 온도로 젖어 있었다.

"도와줘서 고마워."

"빨리 닦기나 해."

이이월은 이사장 의자에 앉아 창밖을 응시했다. 그 괴상하기 짝이 없는 눈은 한 시간가량 내리다 서서히 그쳤다.

*

지난 12일, 가장 피해가 심했던 백영시 일대를 비롯하여 전국적으로 눈과 유사한 정체불명의 하얀 결정체가 떨어지는 괴현상이 발생했습니다. 현재 알려진 바로는 체질에 상관없이 이 결정체에 접촉 시 알레르기 반응과 유사한 증상이 발현하며, 이와 같은 증상으로 병원을 찾은 이는 4만여 명, 사망자는

70여 명으로 추정됩니다. 이 괴현상으로 입은 피해액은 무려 350억 원 규모로 아직 정확한 원인은 밝혀진 것이 없습니다. 결정체의 성분 역시 불명확한 상황입니다.

사람들은 6월의 눈을 두고 이런저런 추측과 음모론을 내놓았다. 어딘가의 발전소가 터졌고, 국가가 그걸 은폐했고, 그로 인해 공기 중에 섞인 방사능이 눈처럼 내렸다, 드디어 백두산이 터지려나 보다, 이건 화산재다, 새로운 생화학 무기다. 무엇 하나 확실한 것은 없었다. 정부는 어떻게든 현상을 제대로 밝히겠다고 발표했다. 여러 분야의 전문가들이 그날 내린 눈의 성분과 발생 원인을 연구하는 데 매달렸다. 그리하여 밝혀진 것이 몇 가지 있기는 했다.

하나. 눈은 지금껏 지구상에서 발견되지 않은 물질로 이루어져 있으며, 따지자면 광물, 모래에 가깝다. 기본적으로 유백색을 띠고, 간혹 완전히 투명하거나 백색인 것도 있다. 빛과 각도에 따라 여러 빛깔로 빛나는데, 그 모양과 크기는 눈 결정체를 닮았지만 눈처럼 녹아 사라지지는 않는다. 처리를 위해서는 소각 혹은 매립밖에 답이 없으나 그로 인해 어떤 피해가 발생할지는 미지수다. 그것이 어디서 왜 떨어졌는지 역시 알 수 없다.

둘. 그 정체불명의 물질은 신체 접촉 시 유해하게 작용한다. 소량 접촉 시 발열, 구토, 가려움, 발진, 호흡곤란 등 일반적인 알레르기 반응과 유사한 증상이 나타난다. 이는 시중의 약으로 진정이 가능하지만 대량의 물질에 장시간 노출되었을 시에는 치명적이다. 다행인 것은 이번에 떨어진 평균 20밀리미터 정도로는 생명에 지장이 가지 않는다는 점. 각종 전문용어가 난무하는 브리핑 현장에서 나는 딱 한마디를 제대로 알아들을 수 있었다.

"알레르기 반응을 일으키는 방부제와 유사하다고 보면 됩니다."

그리고 셋.

"그러니까 눈과 유사한 이 결정체에 수분을 빨아들이는 성질이 있다는 겁니다. 알레르기 반응은 인간에게만 해당하지만 방부 성질은 모든 종과 사물, 공기 중에 동일하게 적용됩니다. 수분에 반응하는 것이니 당연히 그렇겠죠. 유리관 안에 죽은 쥐를 넣고 물질을 가득 채운 후, 마흔여덟 시간 뒤 확인해 본 결과 죽은 쥐는 바싹 말라 부패가 거의 진행되지 않은 형상이었습니다."

현존하는 물질 중 그 결정체와 유사한 물질이 있었다. 다름 아닌 방부제, 실리카겔. 왜 건조식품의 포장 용기 아래에 들어 있는 그 투명한 구체 알갱이들 말이다. 눈 알갱이와 실리카겔을 동시에 놓고 보니 미세한 모양은 달랐으나 빛깔은 분명 유사했다.

이후에는 최대한 맨 피부로 접촉하는 것을 피해야 한다는 당부가 이어졌다. 브리핑은 그렇게 끝났지만 내가 제일 궁금했던 부분은 끝내 해소되지 않았다. 녹지 않는 눈이 다시 내리지 않는다는 보장이 있나? 평균 20밀리미터가 아닌 50밀리미터, 100밀리미터가 내리면 어떻게 되는 건데?

눈 알갱이가 깊숙이 박혔던 손바닥에는 꼭 흑설탕을 뿌린 것처럼 갈색 홈이 남았다. 최악을 상상하는 건 너무 쉽고 매력적이다. 아무에게도 말한 적 없지만 그건 내 오랜 습관이기도 했다. 중학교 1학년 1학기 첫 성적표가 나왔을 때도, 아빠가 엄마랑 싸우고 집을 나갔을 때도, 늘 밥을 주던 고양이가 갑자기 사라졌을 때도 그랬다. 최악의 최악을 상상하며 심장을 미리 단련해 놓으면 막상 실제로 뭔가 닥쳤을 때 충격을 완화할 수 있었다. 미리 울어 두는 것도 한 방법이었다. 나는 공부는 잘 못하지만 감이 좋았다. 뭔가 잘못되었다는 예감, 내가 발 딛고 사는 세상이 뒤틀리고 있다는 직감 같은 것. 나는 최악을 대비해야 할 때를 본능적으로 알았다. 그래서 그날의 눈에 대한 생각을 멈출 수가 없었다.

한 시간 동안 내린 가짜 눈이 세상에 당장 종말을 몰고 오지는 않았다. 인명 피해를 제외한 복구는 빠르게 진행되었고, 눈 접촉 시 발생한 알레르기 반응은 시중의 약으로 잠재울

수 있었다. 도로에는 매일같이 쓰레기차와 조사 차량이 줄줄이 오고 갔다. 복구 기간은 한 달 정도 소요되었다. 아이들은 갈색으로 착색된 흉터와 반점을 달고 다시 등교했다.

사람들은 대부분 그날의 일을 단순한 해프닝으로 여겼다. 아니 그러기 위해 노력했다. 눈앞에 닥친 비극과 재난의 징조를 대수롭지 않은 일로 치부하려는 몸부림이었다. 이해가 가능한 범주를 벗어난 사건 같은 건 일상을 영위하는 데 불안을 가중시킬 뿐 전혀 도움이 되지 않으니까. 중요한 건 그날 이후로 1년이 넘도록 괴현상이 없었다는 사실이었다. 이모가 나에게 해 준 말이 있다. 삶이란 모를수록 행복하고 알수록 불행한 거라고. 모름, 듣고 싶은 것만 기억하는 네 재능은 복이니 너는 최대한 오래 무지하라고. 장난스럽게 던진 말이었지만 나는 원인을 알 수 없는 불안이 샘솟을 때마다 이모의 말을 떠올렸다. 아무 일도 아니었고 앞으로도 아무 일 없을 것이라고 되뇌었다.

다행히 그해 겨울에 내린 눈은 제대로 녹는 눈이었다. 첫눈 예보가 내린 날 사람들은 밖에 나가지 않고 집에서 창밖만 바라보았다. 아마 거리에 가장 사람이 없는 크리스마스이브였을 것이다. 나도 휴가를 낸 이모, 그리고 엄마와 함께 창밖을 보았다. 눈송이가 창문에 닿고 녹는 걸 확인한 뒤에야 문을 열었다. 손끝에 닿는 눈송이는 기분 좋게 차가웠다.

손바닥의 홍이 깨끗이 사라진 이후에도 가끔 그날의 꿈을 꿨다. 패닉에 빠진 사람들이 앞만 보고 뛰기 바쁘고, 나를 밀치고, 펑펑 내리는 눈송이에 닿은 피부가 벌겋게 부어오르고, 가려움을 참지 못해 목덜미를 벅벅 긁다 바닥을 구르고……. 그리고 그 꿈의 끝에는 늘 불쑥 다가오는 손이 있었다. 꿈속에서 나는 그 손을 붙잡아 달리기도 하고 어이없게 놓치는 바람에 차가운 바닥을 홀로 기기도 했다.

그날 이이월이 준 백영중학교 50주년 기념 타월은 여전히 돌려주지 못했다. 가끔 점심이나 하교 시간에 시계탑 근처를 서성이는 이이월을 볼 수 있었다. 우리는 그보다 더 가끔 눈이 마주치곤 했지만 어째선지 인사를 나누는 사이까지는 되지 못했다. 고작 한 번의 사건으로 절친한 인연이 된다거나 하는 건 청소년 드라마에나 나오는 일이었다. 우리는 너무 달랐고 시소의 양 끝처럼 가까워지기 힘든 사이였다. 분명 서로가 서로를 바라본다는 걸 자각했지만 어떨 때는 그 애가 나에 비해 너무 무거운 것 같았고, 또 어떤 때는 내가 너무 낮은 곳에 있는 것 같았다. 확실한 건 말 한 번 제대로 걸지 못했으나 나는 늘 이월을 보고 있었다는 것이다. 이이월도 그랬는지는 모르겠다. 어쩌면 그 애는 나에게 관심이 없었을지도. 또 어쩌면 둘 다 그냥 부끄러움이 많은 성격이라 애초에 친해지기가 불가능했는지도 모른다. 가끔은 말을 걸 기회를 놓치고 후회하기도 했다. 기회는 찰나였는데 후회는 며칠을 갔다. 그렇게 얼마 남지 않은 중학교 생활이 지나갔다. 이이월과 다시 대화를 나눈 건 졸업식에서였다. 그날 내린 눈은 오랫동안 녹지 않았다. 어쩌면 아직까지도.

*

졸업식에는 엄마와 이모가 왔다. 졸업 선물로 엄마에게는 꽃다발을, 이모에게는 호시탐탐 노리던 오래된 필름 카메라를 받았다. 이모가 젊었을 적부터 쓰던 카메라는 사진 감이 독특해 구하기 힘든 기종이었다. 나는 이모와 엄마를 한 번씩 꼭 껴안은 다음 곧장 셔터를 눌렀다. 그늘이었던지라 반짝 자동 플래시가 터졌고 기분 좋은 소리를 내며 필름이 돌아갔다.

졸업식은 정신없이 흘러갔다. 나는 그리 친하지 않던 아이들에게까지 얼굴을 들이밀며 필름을 남발하고 다녔다. 원래의 나였다면 하지 않았을 행동이지만 뜻밖의 선물에 신이 난 데다 졸업식 특유의 들뜬 분위기, 그리고 이제 다시 보기 힘든 얼굴들이라는 사실이 나를 한 껍질 벗겨 낸 덕에 가능했다.

아이들은 신기해하며 기꺼이 얼굴을 허락했다. 그러다 운동장 등나무 아래에 멍하니 서 있는 이이월에게도 시선이 닿았다. 학교에 두발 규정이 없기는 했지만 저 관리 안 된 샛노란 머리는 볼 때마다 당황스러웠다. 졸업식 날까지도 이이월은 혼자였다. 그게 이상하게 마음에 걸렸다. 저 애 부모는 오늘 같은 날까지도 혼자 바쁜 걸까? 이사장이 이이월의 친엄마가 아니라는 사실은 백영중학교 애들이라면 다 아는 사실이었다. 한순간의 동정이라고 해도 할 말이 없다. 하지만 바로 그 얄팍한 감정을 발판 삼아 나는 이이월에게 말을 걸 수 있었다.

"이이월, 나랑 사진 찍자."

자신의 이름이 불릴 거라고 예상치 못했는지 이월이 눈을 크게 떴다. 빨리 한 장이라도 더 셔터를 누르고 싶었던 나는 허락도 없이 다가가 옆에 섰다. 카메라 렌즈를 우리 쪽으로 돌려 최대한 길쭉하게 팔을 뻗은 후 셔터를 누르자 찰칵, 소리와 함께 필름이 돌아갔다. 옛날 카메라라 초점이 제대로 맞았는지조차 알 수 없었지만 어차피 잘 찍었는지는 그다지 중요한 게 아니었다.

"나중에 찍은 거 인화하면 사진 보내 줄게. 졸업 축하해."

이이월의 표정이 어땠는지는 기억나지 않는다. 아마 조금 당혹스럽고, 또 약간은 불쾌하거나 어이없는 표정을 지었을 것이다. 나는 이이월이 아니므로 내 표정이 어땠는지는 알 수 없다. 그리고 이이월은 그 어색한 얼굴로 답했다.

"너도 축하해."

나는 반짝이는 눈송이가 박힌 듯한 이이월의 눈동자를 응
시했다. 이이월이 먼저 소리가 나는 쪽을 향해 고개를 돌렸
다. 저 멀리서 이모가 그만 밥을 먹으러 가자며 손짓하고 있
었다. 나는 어색하게 손을 흔든 뒤 다가갔을 때처럼 훌쩍 멀
어졌다. 나에게 그 애의 연락처가 없다는 사실은 자리를 옮겨
식사를 할 때가 되어서야 깨달았다.

식사는 백영시가 한눈에 내려다보이는 전망대의 중식집에
서 했다. 하늘이 꼭 그린 것처럼 맑았다. 엄마와 이모는 축하
를 빙자하여 앞으로의 진로나 계획에 대해 이런저런 것들을
꼬치꼬치 캐물었다. 나는 눈앞의 유린기를 젓가락으로 괴롭
히며 말했다.

"이모가 그랬었잖아. 나는 보고 싶은 거만 보고 듣고 싶은
것만 듣는 재주가 있다고. 딱 그렇게 살고 싶어. 그래서 곰곰
이 생각해 봤는데……."

이모가 상체를 길게 빼며 닦달했다.

"생각해 봤는데? 빨리 말해 봐!"

"이모처럼 운전할까 봐. 어때? 운전이랑 뭐 다른 기술도 같
이 배워서. 내가 좋아하는 음악 틀어 놓고, 여기에서 저기까
지 달리면서 보고 싶은 풍경만 골라서 보고."

"너 어른 놀려?"

이모가 재밌는 농담을 들었다는 듯 웃었다. 엄마는 그럴

줄 알았다는 듯이 한숨을 쉬며 식사를 이어 갔다. 나는 이모를 따라 실실 웃다가 기어 들어가는 목소리로 중얼거렸다.

"진짠데."

그 말을 엄마나 이모가 들었는지는 모르겠다. 아마 듣고도 못 들은 척할지도 모르지. 나도 더 이상 그 이야기는 꺼내지 않았다. 식사는 별 시답잖은 근황과 엄마와 이모의 회사 욕, 날씨와 연예인 이야기로 굴러갔다.

그때의 나는 사실 내가 뭐가 되고 싶은지 몰랐다. 딱히 좋아하는 게 없었으며 삶에서 어떤 태도, 라는 것조차 희미했다. 의학 드라마를 보면 의사가 되고 싶다가 영화를 보면 시나리오 작가가 되고 싶다가 혼자 실현 가능성과 안정성, 수입을 따져 보고는 공무원이나 회사원으로 귀결되곤 하는, 불안과 고민에 둘러싸인 철없는 열여섯이었다.

1인당 3만 원씩 하는 런치 코스를 먹은 뒤 집에 돌아와 텔레비전을 켰다. 엄마가 식초 탄 물에 씻은 포도를 예쁜 접시에 담아 테이블 위에 올려놓았다. 포도는 내가 제일 좋아하는 과일이었다. 짙은 보랏빛 열매는 보기만 해도 기분이 좋아졌다. 달큰한 향이 맴도는 한 알을 떼서 입안에 넣었다. 톡 터지는 느낌을 즐기며 텔레비전을 응시했다. 인기 아이돌 그룹의 컴백 무대가 나오고 있었다. 화려하게 치장한 내 또래의 아이돌들이 칼같이 안무를 맞추는 내내 무대에는 알록달록

한 색종이와 꽃가루가 펑펑 쏟아졌다. 더없이 화려했다. 저 많은 반짝이들은 어떻게 만들었을까. 피곤한 표정의 사람들이 웅크리고 앉아 색종이와 셀로판지를 자르는 상상을 했다. 그런 와중에 옆에 앉은 엄마가 베란다 쪽을 보며 중얼거렸다.

"밖에 비 오나? 오늘 예보 없었는데."

소리가 들렸다. 나는 텔레비전 볼륨을 줄이고 귀를 긁는 낯선 소리에 집중했다. 톡, 토독, 타다다다다닥. 빗소리와는 달랐다. 단단한 것이 유리를 긁는 소리. 포도를 한 알 더 입에 집어넣고서 베란다로 갔다. 소리는 더욱 선명해졌다. 손을 뻗어 10년 넘게 그 자리에 있던 촌스러운 꽃무늬 커튼을 활짝 열어젖혔다. 오래되고 빛바랜 아파트 단지 한복판으로, 함박 눈이 흩날리고 있었다. 나는 창틀에 차곡차곡 쌓여 가는 눈 송이들을 뚫어져라 응시했다. 아무리 기다려도 녹지 않았다.

눈은 폭설에 가까웠다. 창문에 얼굴을 바짝 붙인 채 아래를 내려다보았다. 좀 전까지 놀이터에서 뛰놀고 있었을 아이들이 자지러지게 울면서 미끄럼틀과 정글짐 안쪽에 몸을 말고 있었다. 부모들이 맨몸으로 달려와 아이들을 하나둘 데려 갔다. 놀이터는 곧 텅 비었다. 나는 커튼을 열어 둔 채 돌아섰다. 다시 텔레비전 앞으로 가서 공중파 채널을 틀었다.

속보가 흘러나왔다. 전국적으로, 아니 전 세계적으로 눈이, 괴설이 내리기 시작했다는 내용이었다. 작년 태풍 이후로는 울린 적 없던 재난 알림 메시지가 요란하게 울려 댔다. 야외 외출 및 환기 절대 금지. 외부에 있을 시 무조건 건물 안쪽으로 몸을 숨길 것. 피치 못할 이동 시 피부 및 호흡기 보호할 것. 나는 멍하니 화면을 바라보았다. 그리고 다시 창밖으로 고개를 돌렸다. 이런 말을 하는 게 우습지만, 정말 우습지만…… 예뻤다. 눈앞의 풍경에서 시선을 거둘 수가 없었다. 흩날리는 함박눈이 막 지기 시작하는 노을빛을 받아 보다 붉게 반짝였다. 분명 하얀데 투명했고, 간혹 초록색이나 노란색을 띠다가 붉어졌다. 쌓여 가는 눈에 빛이 반사되어 우리 집 커튼과 벽지에 무지개가 그려졌다. 꼭 스노볼 안에 들어와 있는 것 같았다. 문득 이이월이 스노볼을 싫어했다는 사실이 떠올랐다. 하긴 스노볼을 바라보는 것과 우리가 그 안에 들어가 있는 것은 다르니까. 그 애는 뭔가를 알고 있던 걸까? 헛웃음이 비어져 나왔다. 가짜 폭설 앞에서 나는 감상에나 빠져 있었던 것이다.

나는 이번 눈은 단순한 해프닝으로 끝나지 않을 것임을 직감했다. 이건 확신이었고 그래서 두려웠다. 희미하지만 분명 앞을 향해 뻗어 있던 내 미래가 괴상하게 꼬여 저 아래로 처박히게 될 것 같은 기분. 나는 열여섯에서 열일곱으로 넘어가는 과도기에 있었고, 그건 내가 발 딛고 선 이 세상 역시 마찬가지였다. 지금껏 내가 누려 온 모든 편리한 것들이 과거에 남을지도 모른다는 사실이 새삼 두려워졌다.

눈은 일주일 내리 내렸다. 눈처럼 내리는 가짜 눈은 미국에도, 중국에도, 이집트에도, 루마니아에도, 아프리카에도, 프랑스에도, 제주도에도, 몽골에도, 러시아에도 내렸다. 그리고 어느 날 언제 그랬냐는 듯이 한 번에 그쳤다. 마지막 눈송이가 바닥으로 가라앉자 구름 한 점 없이 맑은 하늘이 드러났다. 이제 사람들은 사흘 동안 쌓이기만 한 눈을 마주해야 했다.

하루 평균 강설량 20센티미터. 총합 150센티미터. 일반 눈과 다른 점은 녹아 없어지지 않는다는 것이다. 가짜 눈은 성인 남성의 가슴팍까지 잠길 정도로 쌓였다. 거리의 온갖 쓰레기들, 테이크아웃 컵과 깨진 유리 조각, 담배꽁초, 죽은 시궁쥐, 제대로 닦이지 않은 일회용기 따위도 전부 눈 아래에 묻혔다. 더러운 것은 눈송이가 다 감춰 버렸으므로, 거리는 언뜻 평화로워 보였다. 태우지 않는 한 영원히 녹지 않는 눈 결정체는 햇빛이 비치는 방향에 따라 일렁이는 물비늘처럼 이쪽저쪽으로 반짝였다.

가짜 폭설로 내가 사는 백영시에서는 스물두 명이, 전국적으로는 수천 명의 사람들이 괴설의 알레르기 증상, 혹은 그로 인한 사고로 인해 사망했다. 다치거나 실종이 된 사람들은 그보다 훨씬 많을 것이었다. 연구자들은 눈송이가 피부에 닿았을 때 증상은 이전과 유사하나 증상이 나타나는 속도와 강도가 이전보다 배로 강하다고 발표했다.

사람들은 눈송이가 스며들 일이 없도록 머리에서 발끝까지 하나로 이어진 우주복 같은 옷을 입고 눈을 퍼냈다. 일주일이 꼬박 걸려서야 포클레인과 수거 차량이 지나갈 길을 텄다. 방역 회사와 정비원 등 선발대, 자원봉사자가 아닌 주민들도 전신을 단단히 봉하고 나와 눈 더미 치우는 것을 도왔다. 피해는 더디게 복구되었다. 그사이에 돌이킬 수 없도록 무너지는 것들이 더 많았다.

굶어 죽는 사람들, 외로워서 죽는 사람들, 망하는 사람들, 망해서 죽는 사람들, 답답함을 참지 못해 눈 위로 뛰어들었다가 그대로 발작을 일으킨 사람들, 대수롭지 않게 여기고 외출했다 돌아오지 못한 사람들, 돌아오지 못한 사람들을 찾아 돌아다니다 돌아오지 못하게 된 사람들. 느릿한 복구 과정 중 그들의 시신을 종종 발견할 수 있었는데 몸집이 바싹 말라 줄어들기는 했지만 꼭 잠이라도 든 것처럼 하나도 부패하지 않은 깨끗한 모습이었다고 한다.

몇 개월에 걸친 복구 작업을 비웃기라도 하듯 거리가 모습을 드러내자마자 또 다시 눈이 내렸다. 진짜 눈과 가짜 눈이 마구 섞인 채로 내렸다. 어떤 눈은 녹았고 어떤 눈은 녹지 않았다. 아무리 치워도 치워도 끝이 없다고 말하며 끝없이 치우는 이들이 있었고 치우길 포기하는 이들도 있었다.

텔레비전에서는 하천들의 수위가 낮아지고 저수지 물이 마르고 있다며 그 수치를 매일 카운트다운하듯이 보도했다. 전국의 마트와 드러그스토어에서는 생수와 온갖 마실 것, 그리고 로션이나 핸드크림 같은 보습 용품들이 동났다. 눈은 어떤 조짐도 없이 내렸다. 일정한 간격을 두지 않고 무분별하게 지속적으로 내렸다. 도시는 착실히 눈발에 잠식되어 갔다. 누군가 지구를 통째로 박제해 버릴 심산인 듯했다. 언제 어느 곳에든 하얗고 반짝이는 방부제 가루, 가짜 눈이 있었다. 빌어먹게도 예뻤다. 예쁘다고 생각하면 안 될 것 같았는데. 그건 정말 지는 기분이라 싫었는데, 빌어먹게도…… 아름다웠다.

엄마는 언제 복귀가 가능할지 알 수 없는 휴직 상태였다. 고등학교 입학 역시 미뤄진 지 오래였다. 나는 집 안에 틀어박혔다. 갈 곳도 갈 수 있는 곳도 없었다. 매일같이 베란다 창가에 앉아 눈이 내리는 바깥을 멍하니 바라봤다. 봄에도 여름에도 가을에도 겨울에도 눈이 내렸다. 하루 종일 같은 풍경을 바라보고 있으면 꼭 시간이 멈춘 세상에 갇힌 듯한 기분이 들었다. 나는 늙지도 않고 병들지도 않고 죽지도 않을 것 같았다. 그건 꿈에서 반만 깬 것처럼 몽롱한 감각이었다. 그럼에도 시간이 흐르면 몸뚱이는 배고프다는 신호를 보내왔는데 그 허기가 그렇게 억울할 수가 없었다.

생수 구매를 두고 칼부림이 났다는 뉴스를 함께 본 다음 날이었다. 이모는 아침 일찍 트럭을 몰고 나가 저녁에 화물칸 한가득 보습 크림과 오일, 생수와 라면을 채워서 돌아왔다. 엄마가 어디서 난 것이냐고 묻자 이모는 거래를 하던 공장으로 직접 찾아가 남은 물량을 전부 사 왔다고 답했다. 아직까지 물량이 남아 있는 공장이 있었다니, 있다 해도 이모가 실어 온 것들은 시세가 부르는 게 값인 생필품들이었다. 이모에게 여윳돈이 있었다는 사실부터가 믿기 힘들었다. 엄마는 계속 미심쩍다는 표정을 지었지만, 이모는 그 이상 입을 열지 않았다. 하지만 나도 엄마도 뭣도 아닌 찝찝함과 생계를 맞바꿀 처지는 아니었으므로 우리는 묵묵히 물건들을 집으로 옮겼다.

이상하게 변해 버린 세상에서 사람이 살아가는 과정 같은 건 아주 별 볼 일 없는 것이라는 생각이 들었다. 중요한 건 지금 숨을 쉬고 있느냐, 그뿐이며 아무도 숨을 뱉어 내는 인간의 속을 세세히 들여다보려 하지 않았다. 궁금해하지 않는 인간의 삶은 지루하다. 그 와중에 변하지 않는 게 하나 있기는 했다. 카메라 속 사진들. 매끄러운 네모 속에 그저 그렇게 나열된 장면들. 나는 변할 일 없는 그 안쪽 세상을 때때로 그리워하고, 또 궁금해했다.

*

우리는 지금 모래성 게임 안에 들어와 있는 게 아닐까, 종종 생각한다. 모래성의 한가운데 꽂힌 깃발이 우리이고, 또 단단히 쌓인 모래 산을 한 움큼씩 좀먹는 것도 우리고. 상황은 기이한 방향으로 흘렀다. 누군가에게는 최선이었겠지만 적어도 우리 집에는 그렇지 않았다.

오랜 기간이 걸려 간신히 치워 낸 유해한 눈 더미들, 앞으로도 계속 생겨날 그것들을 처리하는 방법을 두고 여러 가지 말이 나왔다. 선택지는 몇 없었다. 그 무시무시한 양의 눈 더미를 눈앞에서 치워 버리기 위해서는 땅에 묻거나 태우는 방법뿐이었다. 토지는 한정적이었고, 그에 비해 하늘은 높았다. 뉴스에서 딱딱한 목소리가 흘러나왔다.

백영시를 특수 폐기물 매립 지역으로 선정하기로 하였습니다.

원래부터 쓰레기 매립지가 있던 곳이라 관련 시설이 있다는 게 그 얄팍한 근거였다. 백영시 시장은 보상금을 조건으로 도시를 내줬다. 그가 실거주하는 자택이 다른 지역에 있다는 건 뭐, 누구나 다 아는 사실이었다. 보상금이 명목대로 쓰이지 않겠다는 것도 너무 선명한 사실이었다.

공식 발표가 나기 무섭게 수거한 눈 더미들이 줄줄이 도착했다. 나는 이 상황이 꼭 깜짝 카메라 같았다. 내가 살았고 살고 있는 도시가 며칠 새에 죽어 버렸다. 실시간으로 도시의 죽음을 지켜보고 있는 기분을 뭐라고 표현할까. 지긋지긋했다. 지긋지긋한 게 너무 많았다. 거리에 빈집들이 넘쳐 났고, 소각장에서는 늘 검은 연기가 피어올랐다. 대신 새로 쌓이는 눈과 매립지에 매립되지 못하고 흘러넘친 눈들이 시를 메웠다. 밤에도 낮에도 바닥을 수놓은 눈들은 좆같이 반짝였다. 백영시는 영원히 녹지 않는 눈의 도시가 되었다.

우스운 건 '특수 폐기물 매립 지역'이라는 명칭의 구멍을 파고들어 눈이 아닌 것들까지 함께 버려지기 시작했다는 것이다. 온갖 쓰레기, 폐기물, 고위험 화학약품들, 죽은 짐승이나 시체, 살아 있는 사람까지도. 무엇을 버려도 하얗게 반짝이는 가짜 눈이 모든 걸 가려줬다. 무릎을 훌쩍 넘는 장화를 신고 전신을 단단히 감싸는 보호복을 입고 집 근처를 걸을 때면 종종 눈 아래로 물컹한 것이 밟히곤 했다. 당연한 수순으로 도시의 치안 역시 최악으로 치달았다. 어느 순간부터는 해가 지면 집 밖에 나가지 않는 게 자연스러운 일이 되었다.

떠날 수 있는 사람들은 떠났으나 떠날 수 없는 사람들은 남았다. 우리 집은 후자였다. 도시를 굴러가게 만들던 사업체 대부분이 문을 닫거나 이전했다. 엄마가 일하던 대형 아울렛 매장도 마찬가지였다. 오랫동안 문을 열지 않았던 아울렛은 결국 그대로 폐업했다. 그 시점에는 이미 백영시의 집값이 더 떨어질 수도 없을 만큼 폭락한 상태였고, 집이 팔리지 않는 것은 물론 기적적으로 팔리더라도 우리가 갈 수 있는 곳은 없어 보였다.

실직한 사람들이 향하는 곳은 정해져 있었다. 매일같이 눈이 내리고 눈을 실은 화물 트럭이 백영시에 도착했으므로 매립지와 소각장에는 늘 인력이 부족했다. 결국 엄마도 그 인력 중 하나가 되었다. 유해한 물질에 둘러싸인 생활이 건강할 리 없었다. 백영시 노동자들의 평균수명이 일반인들보다 10년가량 짧을 것이라는 연구 결과도 있었다. 그 기사는 게재된 지 5분 만에 삭제되었다.

나는 매일 출근하는 엄마를 보며 내가 엄마를 죽이고 있다고 생각했다. 모든 게 너무 투명하게 망해 가고 있다고도 생각했다. 과거에 다 망했으면 좋겠다는 말을 입에 달고 산 걸 후회했다. 그렇게 내 열일곱이 사라졌다. 엄마는 내가 만으로 열여덟이 되는 해, 급성 폐렴으로 돌아가셨다.

특수 폐기물 매립지 선정 이후 백영시는 기피 구역이 된 지 오래였으므로 조문객은 많지 않았다. 아울렛에서 함께 일했던 동료 한둘, 간간이 연락을 이어 가던 친구 몇 명이 다였다.

발인할 때 처음으로 울었다. 엄청 많이 울었다. 이모도 엄청 울었는데 내가 정말 죽을 것처럼 울어서 더 힘들었을 것이다. 중학생 때 다녀온 수련회 숙소를 떠올리게 하는 유족 대기실에서 정신을 차리고 나니 엄마는 이미 깨끗한 항아리에 담겨 있었다. 우리는 엄마를 일단 집으로 가져왔다. 백영시 근방의 납골당에는 한 자리도 남아 있지 않았기 때문이다. 그날은 엄마를 머리맡에 두고 이모와 함께 잤다. 꿈은 꾸지 않았다.

다음 날 이모의 트럭을 타고 엄마를 뿌릴 만한 곳이 없는지 찾아다녔다. 조금이라도 트이고 맑은 곳에 엄마를 보내 주고 싶었다. 오랜만에 백영시 밖으로 나와 가까운 호수와 강을 찾아갔지만 마음에 드는 곳을 찾을 수 없었다. 퍼석하게 메말라 흐르는 곳이 없었으므로 뿌릴 곳이 마땅치 않았다. 산도 마찬가지였다. 하나같이 가짜 눈에 뒤덮인 채 퇴적하고 있을 뿐이었다. 아무리 달려도 그대로인, 하얗고, 반짝이고, 하얗고, 반짝이는 풍경들…….

우리는 그대로 엄마를 안고 돌아와 어제의 납골당으로 향했다. 이모가 결국 말도 안 되는 금액의 예약금을 넣고 번호가 적힌 예약 확인서를 받았다. 담당자는 서류를 건네주면서도 요새 이 업계가 워낙 호황인지라 언제 자리가 날지는 알 수 없다며 난처한 빛을 띠었다. 나는 이런 세상에도 호황인 업계가 있긴 하구나 생각했다. 쓰레기 같다, 생각했지만 또 한편으로는 그 사실이 묘한 위안이 되었다.

엄마를 보내 주면서 알게 된 사실이 하나 있다. 인간이 죽어서도 존엄을 유지하기 위해서는, 그리고 남아 있는 사람들이 후회 없이 애도를 하기 위해서는 돈이 필요하다는 사실이다. 장례식장의 대관료, 재료에 따라 달라지는 관과 유골함 가격, 장지, 그리고 높낮이와 위치에 따라 달라지는 납골당 사용료와 관리비, 예약금까지. 이렇게 죽음이 흔해진 세상이라 애도는 더욱 비싸졌다.

엄마가 소각장에서 눈을 태우며 벌어들인 돈은 거의 그대로 장례에 쓰였다. 그건 꼭 아무도 축하해 주지 않는 생일날 홀로 노래 부르고 축하하는 것처럼 외롭고 허무했다. 그때부터 돈을 벌고 싶다고 생각했다. 돈을 아주 많이 벌고 싶어졌다. 세상을 살아가려면 돈이 기본이었고, 돈이 가장 간편한 수단이었고, 돈이 능력이었고, 하여간 돈이 최고인 것 같았다. 적어도 먼 훗날 그때 아직 내 곁에 남은 사람들과 온전히 함께 살아갈 수 있을 정도의 돈을 벌고 싶었다. 그게 그렇게 큰 바람인가? 그 정도조차 바라지 못하면 사는 게 무슨 의미가 있어?

소각장에서는 매일같이 검은 연기가 피어올랐지만 눈은 계속 내렸고 줄어들지 않았다. 언젠가는 백영시 전체가 거대한 설산이 되어 버릴 것 같았다. 지키려는 이가 없는 도시 따위는 구시대의 유물로 남겠지. 엄마를 보내 주고 나서야 나는 앞으로 어떻게 살아야 할지를 고민했다. 이전에도 되고 싶은 것이 딱히 없던 나에겐 무척 힘든 고민이었다. 그럼에도 살아야겠다 다짐하고, 또 살 방법을 고민한 까닭은 그게 이런 세상에서 내가 엄마를 추모할 수 있는 유일한 방식인 것 같았기 때문이다.

죽기 전 엄마는 자주 나에게 사랑한다고 했고, 또 어떻게든 살아가라고 했다. 살아간다는 건 버티는 것. 이제는 조금 궁금하다. 엄마는 내가 이 휘청이는 세상을 버티며 무엇을 보길 바랐을까. 내가 이 세상에서 행복할 거라고 확신은 했을까? 가끔 유난히 기분이 비틀린 날이면 그런 생각까지도 들었다. 어쩌면 내가 온전히 행복할 수 없다는 걸 엄마도 알지 않았을까. 하지만 어찌 되었든 나는 엄마의 말을 지켰다.

모루. 모루야. 백모루.

나는 자주 내 이름을 떠올렸다. 모루, 가공할 쇠를 올려놓고 망치를 두드리는 받침대를 뜻하는 모루가 바로 내 이름이었다. 그 이름을 지어 준 것도 엄마였다. 엄마가 아울렛 주얼리 매장에서 사원으로 일할 때, 인테리어 소품으로 어떤 장인이 사용했다는 고급 모루가 들어왔다. 그리고 얼마 지나지 않아 임신 사실을 알았다고 했다. 물론 그런 사소한 이유만은 아니었겠지. 매일같이 망치에 부딪히더라도 꿋꿋이 그 자리에 서서 물건을 다듬는 모루처럼 살아가라고, 어차피 상처를 받지 않을 수 없는 세상이니 그럴 바엔 흠집을 무늬로 만들어 버리라고, 단단히 존재하라고. 망치는 오래 때리면 머리가 빠지고 말지만 모루는 절대 부서지지 않는다고.

엄마가 작은 함에 담기고서 3년이라는 시간이 흘렀다. 눈은 적게 올 때도 있었고 많이 올 때도 있었다. 그사이 나는 이모에게 운전을 배웠고, 돈이 되는 일을 찾아 이모와 함께 전국 방방곡곡을 쏘다녔다. 이모는 눈으로 뒤덮인 세상을 활주하는 트럭 운전사였다. 가지고 있는 것은 소형 트럭이었지만 더 큰 트럭을 몰 때도 있었다. 박스를 잘라 매직으로 번호를 휘갈겨 만든 명함을 가지고 다니며 곳곳에 뿌렸고, 옮겨 달라는 게 있는 곳이라면 어디든지 갔다.

이모는 아주 단단한 벽 같았다. 언제든지 등을 기댈 수 있는 벽. 나를 보호하고 또 가로막는 벽. 나도 이모처럼 초연한 어른이 되고 싶었다. 상처받지 않는 인간이 되고 싶었다. 막연히 생각을 이어 가다 보면 나 역시 이모처럼 세상을 떠돌며 살게 될 것이라는 예감이 들곤 했다. 나는 충동과는 거리가 먼 성격이었지만 그렇다고 한곳에 고여 있는 삶을 살고 싶지는 않았다.

이모와 함께 가도 가도 하얗기만 한 바깥을, 전혀 모르는 어딘가를 달리는 게 좋았다. 하도 오랫동안 몬 탓에 곳곳이 움푹 패고 수시로 멈춰 서는 트럭이지만 그 따뜻한 실내에서 반짝반짝한 바깥세상을 바라보는 게 좋았다. 장기 출장에 동행할 때면 함께 허름한 숙박업소나 차에서 쪽잠을 자고 싸구려 음식들로 배를 채우며 내가 살던 세상 밖의 곳곳을 구경했는데 그 감상은 이랬다. 눈 아래 세상은 전부 다른 색을 띠고 있지만 눈 덮인 세상은 어디나 비슷한 결로 망해 가고 있다는 것. 그걸 직접 두 눈으로 확인하니 엄마 말대로 버틸 수 있을 것 같은 기분도 들었다. 이 재난이 나만의 것이 아니라는 사실에 왠지 모를 힘이 나는 것이다.

어디를 가더라도 꼬챙이처럼 바짝 말라비틀어진 나무와 전신을 꼼꼼히 가린 채 눈을 치우는 사람들을 볼 수 있었다. 농작물과 과일, 채소 같은 건 너무 귀해서 아무나 먹을 수 없는 것이 되었다. 마른 세상에 저마다의 방식으로 적응해 다시 살아가게 되었을 때 폭설로 인한 피해 복구 인력 부족 문제와 취업난을 함께 해결하기 위한 기관이 백영시에 들어서기로 했다는 소식이 들려왔다.

이월

나는 새엄마의 소원을 들어주고 싶었을 뿐이다. 그 소원을 들어줄 수 있는 건 오직 나뿐이었으니까. 아무도 믿지 않겠지만 말해 보겠다. 나는 이렇게 될 것을 알고 있었다. 그냥 알수 있었다. 평소보다 습한 공기, 축축한 기분, 희미한 물 냄새 따위로 비가 올 것을 직감하듯이 말이다. 새엄마는 하루처럼 되기를 원했다.

*

내가 열세 살이었을 때 제약 회사 산하 연구소에서 일하던 아빠는 늘 바빴다. 그는 어린 나에게 젊었을 적 계약직 폐기물 관리직으로 들어가서 연구소장 자리까지 오르게 된 과정을 매일 무용담처럼 늘어놓곤 했고, 나는 아빠가 이뤄 낸 성과와 그의 연혁을 양분처럼 먹고 자랐다. 아빠 연구소에서는 무엇을 연구하냐는 질문에 그는 늘 이렇게 답했다.

"사람들을 건강하고 아름답게 만드는 법을 연구한단다."

그 말을 듣고서 나는 흰 가운을 입고 아픈 사람들을 진료하는 의사나 극적으로 세상을 구할 약을 개발하는 학자의 모습을 떠올렸다. 상상은 아무리 해도 질리지 않았으며 그 자체로 뿌듯했다. 나는 늘 아빠가 일하는 곳에 가 보고 싶었다. 그러다 기회가 찾아왔다.

유난히 추운 겨울이었다고 기억한다. 아빠가 간만에 긴 휴가를 냈고, 우리는 그에 맞춰 교외의 별장으로 놀러 가는 계획을 세웠다. 당시 재혼한 지 얼마 되지 않았던 새엄마는 몸이 좋지 않다며 집에 남았다. 어쩌면 나와 자신, 모두를 위한 배려였을지도 모른다. 나는 하루와 함께 차에 올랐다. 하루는 내가 태어난 해에 아빠가 데려온 검은 비글이었다. 그러니까 하루도 나와 같이 열세 살. 나이 든 개 하루는 내가 사실 아빠보다도 사랑하는 존재였다.

한파라는 예보와 달리 날씨도, 습도도, 햇살까지도 모든게 완벽한 날이었다. 당시의 설레던 기분이 아직도 선명하다. 차를 타고 백영시를 빠져나와 한 시간쯤 지났을 때였다. 핸드폰이 울리자 백미러에 비친 아빠의 표정에 그늘이 졌다. 차 안 공기 역시 한순간에 무겁게 가라앉았다. 갓길에 차를 대고 통화를 계속하던 아빠는 결국 차를 돌렸다.

"이월아, 아빠가 급한 일이 생겨서 그러는데 별장에 조금만 늦게 가도 될까? 대신 이월이 좋아하는 새우 잔뜩 구워 줄게."

이미 차는 왔던 길을 돌아가고 있었다. 철없는 아이가 되고 싶지 않았으므로 아무렇지 않은 척 고개를 끄덕였다.

"아빠 금방 올 테니까 차 안에서 잠시 기다리고 있으렴."

이번에도 나는 고개를 끄덕였다. 그리고 하루와 함께 아빠를 기다렸다. 난생처음 와 본 연구 단지는 회색 블록으로 지어 올린 고성처럼 스산한 분위기를 풍겼다. 그렇게 시간이 흘렀다. 금방 돌아오겠다던 아빠는 한 시간이 지나도록 돌아오지 않았다. 히터가 강하게 돌아가고 있었지만 이상하게 손발이 너무 차가웠다. 나는 계속 하루를 꽉 껴안았고, 그럴수록 하루는 낑낑거렸다.

넓고 황량한 연구소는 오가는 이들이 거의 없었다. 간혹 목에 사원증을 건 이들이 돌아다녔으나 구석에 놓인 시커먼 차에는 아무도 신경을 쓰지 않았다. 그 지루하고 두려운 시간을 참지 못한 내가 선택한 건 아빠를 직접 찾아 나서는 것이었다. 차에서 기약 없이 기다리기보다 몸을 움직이는 편이 마음이라도 덜 초조할 것 같았다. 하루와 함께 차에서 내려 발

닿는 대로 주위를 걷고 또 걸었다. 어디를 가든 비슷한 색을 띤 연구소 건물과 건물 사이는 꼭 미로 같았다. 걷다 보니 내가 걷고 있는 곳이 어디인지조차 헷갈렸고, 그러다가 제일 안쪽 우중충한 건물 뒤편의 화물 트럭용 주차장까지 다다르게 되었다.

주차장에는 중형 화물 트럭 한 대가 있었고, 연구소의 로고가 박힌 유니폼을 입은 이들이 짐칸으로 뭔가를 열심히 실어 나르는 중이었다. 녹이 슨 드럼통, 위험하다는 기호가 대문짝만 하게 그려진 물통, 그리고…… 곳곳에 검붉은 것이 묻은 포대 자루. 멀리서 나누는 대화가 구석에 숨은 나에게까지 닿았다.

"하시던 대로 처리하면 됩니다. 포대 안에 든 건 버리고, 방독면이랑 보호복 착용하고. 나머지는 뭐……. 그 근방 아무 데나 던져 놓든가, 고쳐서 쓸 수 있을 거 같으면 가져가도 상관없고요."

폐기물 관리 팀장이라는 직함의 사원증을 목에 건 남자가 트럭 운전사로 보이는 이에게 건들거리며 말했다. 폐기물 관리직은 한때 아빠가 거쳐 온 직급이기도 했다. 그러니 이 현장은 아빠가 일했던 현장이기도 한 것이다. 곱슬머리를 질끈 올려 묶은 트럭 운전사는 봉투를 받아 들고는 별 반응 없이 고개만 끄덕였다.

내 시선은 성인 둘도 들어갈 수 있을 법한 포대 자루에 가

닿았다. 그곳에서 시선을 뗄 수 없었다. 꼭 안 좋은 기운이 뿜어져 나오기라도 하는 것처럼. 그러면서도 자리를 떠날 생각을 하지 못한 건 그사이에 주위를 오가는 인원이 늘었을 뿐만 아니라 눈앞에 아른거리는 어떤 진실이 나를 전혀 다른 곳으로 데려다줄지 모른다는 생각 때문이었다. 한마디로, 무모하고 멍청했던 것이다.

나는 아마 약간 흥분했던 것 같다. 열세 살 아이에게 비밀이란 알아내라고 통보하고 숨겨 놓은 보물찾기나 마찬가지였으니까. 조용히 그들을 주시했다. 연구소의 유니폼과 팀장과, 어떤 로고도 그려져 있지 않은 트럭과 검붉은 자국이 많은 포대 자루들을.

하루가 끼잉거리는 소리를 낸 건 바로 그때였다. 나는 반사적으로 하루의 입을 틀어막았다. 트럭 운전사가 고개를 틀어 우리가 몸을 숨긴 박스 더미 쪽을 응시했다. 숨어야만 했다. 아빠가 관리하는 연구소인데도, 뭔가 보면 안 될 것을 보고 있다는 직감이 들었다. 그 순간의 공기와 냄새, 대낮의 연구소 뒷마당임에도 조심스럽기만 한 발걸음 소리. 그 모든 게 그렇게 말하고 있었다.

황급히 몸을 숨길 곳을 찾았다. 침묵을 가르는 발소리가 가까워지자 결국 내가 하루를 끌어안고 들어간 곳은 몸을 숨기고 있던 박스의 안쪽이었다. 당시 나는 140센티미터가 채

되지 않았으므로 숨기에는 충분해 보였다. 저 앞에서 다가온 이들이 나와 하루가 들어 있는 박스를 들어 어디론가 옮겼다. 박스의 얇은 틈으로 새어 들어오던 빛이 사라진 걸로 봐서는 빛이 들지 않는 곳인 듯했다. 발소리가 멀어진 틈을 타 머리를 비죽 내밀었다. 우리가 놓인 곳은 트럭의 빽빽한 화물칸 한구석이었다.

나는 몸을 한껏 웅크리고서 주위를 살폈다. 코앞에 놓인 포대 자루에서는 아주 역한 냄새가 풍겼고, 그 옆에 쌓인 약수통 비슷한 통에는 새빨간 글씨로 고위험 폐기물이라고 적힌 스티커가 붙어 있었다. 고위험 폐기물이란 뭘까. 어렸던 나에게 폐기물이란 다 먹고 남은 아이스크림의 비닐 껍질, 막대 사탕을 먹고 남은 막대, 장난감을 포장한 박스 정도가 다였다. 그런 것들이 위험할 수가 있나?

"무슨 소리가 난 거 같은데."

"왜 그러십니까?"

"잘못 들었나 봐. 아니야."

멀리서 직원들의 대화 소리가 들렸다. 하루를 안은 팔에 힘이 들어갔다. 내 가슴과 팔, 그리고 웅크린 무릎에 짓눌린 하루가 또다시 낑낑거렸다. 나는 식은땀을 흘리며 포대와 트럭 벽의 좁은 틈새를 응시했다. 눈앞에서 또 다른 포대 자루를 분주하게 옮기던 손과 발들이 동시에 멈췄다. 포대 자루의 왼쪽에 선 남자가 먼저 말했다.

"아직 산 게 있나?"

"그럴 리가 없는데. 그리고 뭐 살아 있어도 상관은 없잖아요."

"그렇지만."

대화를 나누는 목소리는 가볍기만 했다.

"한번 확인은 해야지. 나중에 문제 되면 안 돼."

자루 앞으로 다른 발이 점점 다가왔다. 이상한 낌새를 느낀 것인지 하루가 잘게 몸을 떨며 으르렁거렸다. 내 손도 함께 떨렸다. 새로 들여온 포대 자루는 트럭의 화물칸 벽에 아슬아슬하게 기대어 있었다. 발소리가 다가올수록 몸에 바짝 힘이 들어갔다. 심장이 걷잡을 수 없이 세게 뛰었다. 하루의 으르렁거림은 점차 커졌고, 발소리는 지척에서 멈췄다. 박스의 틈새 사이로 누군가 앞을 가로막고 있는 게 보였다. 그때였다. 하루가 크게 컹컹 짖었다.

나는 눈을 질끈 감았다. 한번 짖기 시작한 하루는 막을 수 없었다. 누군가 우리가 숨어 있는 박스 주변을 배회하며 욕설을 지껄였다. 저 성난 발소리가 우리를 찾는 것이라고 생각하니 숨이 턱 막히는 것 같았다. 그리고 갑자기 고요가 찾아왔다. 종이 박스 너머로부터 뾰족한 시선이 고스란히 피부를 찔렀다. 나는 짖는 하루를 더 꽉 껴안았다.

어쩌면 미처 다듬지 못했던 내 손톱이 하루를 아프게 찔렀을지도 모른다. 또 어쩌면 겁에 질렸던 내가 하루가 숨 쉬기 힘들 만큼 세게 힘을 줬는지도 모른다. 그 뜨겁고 부드러운 감촉이 내 품에서 벗어나 달음박질하기 시작한 건 바로 그 순간이었다.

"저거 잡아!"

화물칸을 뒤지던 남자가 뒤돌아 하루를 쫓으며 외쳤다.

어찌할 새도 없이 순식간에 튀어 나간 하루는 화물 사이사이를 쏜살같이 빠져나가 포대 자루를 들고 들어오던 다른 직원의 발치를 스치고 달렸다. 갑작스러운 움직임에 직원이 짧은 비명을 내질렀고, 그와 동시에 놓친 포대 자루가 엎어져 안에 담겨 있던 것들이 쏟아져 나왔다.

"하루야!"

내 외침은 관리 팀장의 고함과 욕설, 그리고 웅성이는 직원들의 소음에 묻혔다.

"야! 안 붙잡고 뭐 해, 살아 있잖아!"

포대 자루를 쥐고 있던 남자 둘이 시멘트 바닥을 달리는 하루를 쫓기 시작했다. 나는 하루를 붙잡을 틈도 정신도 없이 눈앞의 광경에 못 박혔다. 그 안에서 꼼짝도 할 수 없었다. 포대 자루에서 쏟아진 건 수많은, 정말로 수많은 죽은 동물들. 개, 고양이, 쥐, 토끼, 새…….

그중 하루와 똑 닮은 어떤 개와 눈이 마주쳤다. 느리게 눈을 깜빡인 것 같기도 하다. 그러나 그 깜빡임이 끝이었다. 까맣게 굳어 버린 눈동자. 털이 빠져 드러난 분홍색 살. 그 위로 드문드문 번진 검붉은 반점과 상처. 역한 냄새가 코를 파고들었다. 나는 천천히 짐칸을 메운 화물들을 바라봤다. 포대 자루는 한두 개가 아니었다. 하루는 이미 저 어딘가로 사라졌고, 나는 여전히 이 안쪽에서 움직일 수 없었다. 그렇게 가늠되지 않는 시간이 흘렀다. 다른 직원들이 다가와 쏟아진 동물들을 장갑 낀 손으로 다시 포대에 담기 시작했다. 내가 아이스크림 막대를 버리는 것처럼 무감한 손길이었다. 하루를 닮은 개가 다시 포대 자루에 담기고 단단히 밀봉된 채 트럭 짐칸에 처박혔다.

　나는 죽은 짐승들을 담은 포대에 둘러싸였다. 이윽고 문을 걸어 잠그는 소리가 들렸고, 시야는 온통 암흑이 되었다. 운전사가 시동을 걸었는지 바닥이 잘게 진동하기 시작했다. 요란한 진동음 사이로 저 멀리서 작게 탕 하는 소리가 들린 것 같기도 하다. 장난감 총을 쏠 때 나는 소리와 비슷했다.

　눈을 꾹 감았다. 눈을 감자 화물칸의 묵은 곰팡내, 머리를 지끈거리게 하는 미묘한 소독약 냄새와 인공적인 약품의 향취, 또 썩어 가는 유기체에서 나는 악취가 더욱 선명하게 느껴졌다. 눈을 뜬다 해도 아무것도 보이지 않는 건 마찬가지였으나 그래도 꾹 감았다. 트럭이 부드럽게 달리기 시작했다. 매끄러운 길이 끝나고 울퉁불퉁한 비포장도로에 진입할 때까지 나는 아무것도 하지 못했다.

트럭이 얼마나 달렸는지 알 수 없었다. 나는 죽은 것들과 함께 어디론가 향하고 있었다. 어느 순간 질주하던 트럭이 속도를 점차 줄였고, 이번에도 부드럽게 멈춰 섰다. 시동이 꺼졌다. 몸을 돌려 화물칸의 입구를 바라봤다. 실처럼 가느다랗게 스미던 빛이 점점 넓어지더니 이내 아찔할 만큼 눈부신 빛이 내부를 비추었다.

은은한 담배 냄새가 코에 스몄다. 트럭 운전사가 안으로 들어오자 바닥이 끼익거리는 소리를 냈다. 나를 숨겨 주던 화물들이 하나둘 끌어 내려졌다. 뒤늦게 이곳에서 벗어나야 한다는 생각이 들었다. 하지만 방도가 없어 보였고, 나는 더 구석에 몸을 웅크린 채 눈을 질끈 감을 수밖에 없었다. 그 순간 톡톡, 약간은 둔탁하고, 또 부드럽게 문을 노크하는 듯한 소리가 들렸다. 조심스럽게 눈을 뜨고 소리가 나는 방향을 바라봤다. 어느덧 나를 감싸던 포대 자루들은 사라졌고, 눈앞에는 곱슬머리의 운전기사가 쪼그리고 앉아 허리를 숙인 채 나를 보고 있었다.

"길을 잃었니?"

그가 물었다. 나는 아무 말도 하지 않았다.

"그 강아지, 네 친구였어?"

그가 또 물었고, 나는 이번에는 고개를 끄덕였다. 갑자기, 정말 갑자기 실감이 났다. 내가 하루를 놓쳤다는 사실이. 하루는 이제 돌아오지 않을 것이다. 내가 놓쳤고, 부르지 못했다. 그때 두려움을 뒤로하고 하루를 불렀다면, 하루를 따라 달렸다면 뭔가 달랐을까?

운전사가 나를 향해 팔을 뻗었다. 나는 뒷걸음질 쳤다. 운전사는 굳은살 박인 손으로 내 어깨를 끌어당겨 조심스레 두드렸다. 참으려 했던 눈물은 마침내 터져 나왔다. 담담한 표정, 손길, 볼에 간혹 닿는 곱슬머리 같은 게 그 순간의 무력함을 보다 선명하게 만들었고, 나의 참담함을 북돋았다. 어디든 기댈 곳을 찾고 싶었다. 아이러니하게도 그런 내 앞에 있는 건 나를 이곳으로 데려온 운전기사뿐이었다.

"유진, 이거 빨리 처리하고 복귀하죠."

밖에서 누군가가 외쳤다. 함께 온 일행이 있는 듯했다. 트럭 운전사는 나를 빤히 마주 보고는 내 손을 잡아 일으켰다. 나는 유진이라는 이름의 트럭 기사와 함께 칠흑 같은 화물칸을 빠져나왔다. 하늘은 투명하게 맑았고, 눈앞에는 그에 대비되는 삭막한 황야가 펼쳐져 있었다. 청회색 작업복을 입은 일행이 나와 유진을 번갈아 바라보며 당황한 표정을 지었다. 유진은 나를 트럭 앞으로 데려가 보조석에 앉히며 말했다.

"일 처리하고 올 테니까 여기서 기다리렴. 나오지 말고."

아빠가 했던 말과 똑같았다. 어른들은 왜 항상 아이에게 가만히 있으라고 하는 걸까. 알려 주는 것 말고는 알려 하지 말고, 보여 주는 것 말고는 보려 하지 말고, 들려주는 것 말고는 들으려 하지 말라고. 그래 봤자 애들도 다 안다. 다 보고 듣지.

빼꼼 열린 창문 틈 너머로 소음이 닿았다. 무언가 끌고, 굴리고, 엎지르는 소리. 화물칸에서 빠져나오자 당연한 물음들이 머리를 채워 갔다. 세상을 보다 낫게 만드는 법을 연구한다는 아빠의 연구소에서는 왜 그렇게 많은 동물의 시체들이 나왔는지. 그들은 왜, 어떻게 죽은 것인지. 그들이 왜 폐기물이지? 하루는 내 친구였는데. 친구와 폐기물을 나누는 기준은 무엇인지. 그리고 이 무수한 폐기물들이 향하는 종착지가 어디인지.

철퍼덕 하는 소리가 났다. 소리는 계속 이어졌다. 아빠 차에 있었을 때처럼 식은땀이 났다. 히터는 여전히 돌아가고 있다. 지금 나에겐 하루도 없었고, 이곳은 너무나 낯설었다. 나는 얼음장 같은 손으로 조수석의 문을 열었다. 가장 먼저 눈에 띈 건 눈이 쌓인 황무지와 철조망. 그리고 거기에 달린 '사유지. 진입 시 엄중 처벌'이라고 적힌 경고판이었다. 하지만 진입 금지라기엔 꽤 많은 차들이 오간 듯 여기저기 바퀴자국이 움푹 파여 있었다. 나는 발소리를 죽이고 트럭의 뒤쪽으로 다가갔다.

무언가 보였다. 처음엔 까만 흙, 혹은 검은 호수인 줄 알았다. 조금 더 가까이 다가가서 보호 장비를 착용한 남자와 유진이 포대 자루 안의 것들을 탈탈 털어 밑으로 던져 넣는 것을 보고 나서야 그게 거대한 구덩이라는 것을 깨달았다. 이 세상 같지 않은 광활한 황무지, 그 한가운데에 뻥 뚫린 검고 검은 구덩이가 자리하고 있었다. 그 바닥이 가늠되지 않을 만큼 깊은 구덩이는 너무 검어서 꼭 살아 있는 생물의 내장으로 향하는 구멍처럼 보였다.

우주복 같은 차림의 유진과 남자는 그 안에 포대 자루를 털어 넣고 있었다. 허리춤에 안전 장치를 걸고 구덩이의 가장자리에 서서는 화물칸에 든 것들을 하나씩 비워 냈다. 드럼통과 온갖 것들이 든 봉투, 까맣거나 탁한 액체가 든 용기, 그리고 계속해서 나오는 포대 자루. 마구 쏟아져 나오는 하루들이 보였다. 그것들은 구덩이 안으로 빨려들 듯이 사라졌다. 갑자기 속이 메스꺼워졌다. 토할 것 같은 기분이 들어 몸을 숙이고 몇 번이나 구역질을 했지만 아무것도 나오지 않았다.

조수석으로 돌아가고 얼마 지나지 않아 유진이 돌아왔다. 그는 무척 피곤해 보였다.

"예, 그렇습니다. 인상착의가 아무래도 소장님 자제분이 맞는 거 같네요. 지금 바로 가겠습니다. 어쩌다 짐칸에 들어갔는지, 허 참."

유진의 뒤를 따라온 남자는 난처한 얼굴로 전화를 하면서 뒷좌석에 올라탔다. 유진은 내 머리를 부드럽게 한 번 쓰다듬은 뒤 핸들을 잡았다. 트럭이 달리기 시작했다. 확 트인 시야는 휙휙 바뀌었으나 내 머릿속에는 구덩이와 포대 자루만이 가득 찼다. 언젠가 그 구덩이에 먹혀 버릴 거야. 그런 예감이 나를 사로잡았다.

운전사는 나를 리셉션 카운터에 데려다주고 떠났다. 아빠가 로비에서 갈색 종이 봉투를 든 채 나를 기다리고 있었다. 그 안에 든 게 무엇인지는 보지 않아도 알 수 있었다. 우리는 결국 별장에 가지 못했다. 하루 없이 집으로 돌아가는 차에서 아빠가 말했다.

"하루는 집 뒷마당에 묻어 주자. 그 직원들은 아빠가 자를 거야. 새 강아지 사 줄게."

나는 새 강아지와 헌 강아지에 대해 생각했다. 트렁크에 널브러져 있을 갈색 봉투에 대해서도 생각했다. 내가 침묵하자 아빠는 제 분을 못 참고는 타이르듯이 말했다.

"아빠가 차에 있으라고 했지? 그러게 왜 돌아다니고 그래? 연구소가 얼마나 넓고 위험한 곳인데. 앞으로는 말 잘 들어. 알겠어?"

그 이후로, 아빠는 하루에 대해 어떤 말도 꺼내지 않았다.

마치 원래부터 없던 것처럼 그렇게 대했다. 집에 돌아온 나는 하루가 없는 첫밤을 맞이했다. 창밖에서 눈이 쏟아졌다. 나는 곱슬머리 운전사가 나를 다독이던 순간을 곱씹었다. 그리고 내가 목격한 거대한 구덩이를 곱씹었다. 그날 밤 꿈을 꾸었다.

나는 여전히 화물칸 안쪽에 몸을 숨기고 있다. 눈앞에서 포대 자루가 엎어지고 안에서 무수한 갈색 종이봉투가 쏟아진다. 봉투 안에는 검은 뭔가가 들어 있다. 봉투 안에서 기어 나온 것들이 나를 바라본다. 검게 굳은 눈. 역한 냄새. 봉투 밑바닥에서 정체를 알 수 없는 검은 액체가 퍼져 나간다. 코에는 악취가 스친다. 내 발치에는 거대한 구덩이가 파여 있다. 그 깊숙한 안쪽에서 검은 눈알들이 나를 쫓아온다. 그리고 탕, 하는 소리.

"깼니?"

눈을 뜨자 방문을 열고 들어오는 새엄마가 보였다. 나에게 새엄마는 아줌마라고 부르기엔 가깝고 엄마라고 부르기엔 조금 부족한 사이였다. 갑자기 나타난 그는 갈색 봉투를 들고 있었는데, 그게 진짜였는지 아니면 악몽의 연장선이었는지는 확실치 않다. 잠에서 깨어난 게 맞을까 고민하는 사이 새엄마가 침대 머리맡으로 다가왔다. 파자마 옷자락에 봉투가 쓸려 바스락거리는 소리가 났다. 그럴 리 없다는 사실을 알지만 꼭 하루가 내는 소리 같았다.

"엄마도 하루가 그렇게 되어서 많이 슬퍼."

그러고는 부드럽고 따뜻한 손길로 내 이마와 머리를 어루만지며 덧붙였다.

"네 아빠랑 다퉜어. 어떻게 그렇게 쉽게 새 강아지 이야기를 할 수 있냐고."

나는 눈을 내리깔고서 잠이 오는 척을 했다. 아무렇지 않은 척하고 싶은데 티가 날 것 같아 그냥 눈을 감고만 있었다. 어둠 속에서 느껴지는 새엄마의 손길은 평소와 다름없이 온화하고 어떤 미동도 없이 매끄러웠다. 그가 내 검은 머리카락을 매만지며 말했다.

"이월이도 하루가 썩어 없어져 버리는 건 싫지?"

그 말에 난 눈을 뜨고 고개를 끄덕였다. 흐릿한 시야 안에서 새엄마는 미소 지었고, 무어라고 속삭이고는 다시 방을 돌아 나갔다. 그게 뭐였는지는 기억나지 않는다. 갈색 봉투가 사라지고서야 나는 다시 잠들 수 있었다. 그리고 꿈속에서 또다시 구덩이와 갈색 봉투를 맞닥뜨렸다.

그렇게 며칠을 앓았다. 열이 가신 뒤에도 아픈 척을 하며 침대 밖으로 나가지 않았다. 일주일째 되는 날 또 눈이 내렸다. 10년 만의 폭설이라고 했다. 하루는 눈 오는 날을 좋아했다. 눈이 올 것처럼 약간 흐린 날에는 아침부터 빙글빙글 돌다가 가만히 서서 하늘을 뚫어져라 올려다보곤 했다. 그런 날에는 정말로 꼭 눈이 왔다. 나는 오랜만에 침대에서 나와 아래층으로 향했다. 아빠는 출근한 이후였고, 새엄마는 애지중지 수집하는 스노볼을 닦고 있었다. 내 키만 한 거실의 장식장을 빼곡히 메운 수집품 중 하나였다. 백조들에 둘러싸인 발레리나가 유리 반구 안에서 춤을 추고 있었다. 새엄마가 나를 발견하고는 말을 걸었다.

"일어났네. 눈 보러 왔니?"

나는 넓은 베란다 창 너머를 바라보며 고개를 끄덕였다. 작은 정원이 온통 하얗게 뒤덮였다. 함박눈이었다. 소파에서 일어난 그가 내 쪽으로 다가와 손목을 붙잡았다. 그러고는 현관으로 이끌었다. 나는 말없이 따랐다. 문턱 앞에서 새엄마는 깜짝 선물을 준비한 사람처럼 내 양 눈을 손으로 가린 채 속삭였다.

"이월아, 하루가 돌아왔어."

그와 동시에 새엄마가 손을 뗐다. 나는 눈앞의 하루를 바라보았다. 그건 정말 하루가 맞았다. 고급 원목의 받침대 위에 앞발을 모으고 꼬리를 만 채 앉아 있는 하루. 죽은 적이 없는 것처럼 매끄럽게 존재하는 하루. 조금 더 자세히 보기 위해 앞으로 다가갔다. 그러자 상처 부위를 봉합한 흔적들이 보였다. 유리로 세공한 가짜 눈알은 반짝이다 못해 형형하게 빛났다. 떨리는 손으로 털을 쓰다듬어 보았다. 털은 부드러운데 그 아래의 몸통은 말라비틀어진 나무처럼 딱딱했다. 톡 쏘는 화학약품 냄새가 코끝을 괴롭혔다. 새엄마가 뒤에서 내 어깨를 잡고 여느 때와 다름없는 친절한 목소리로 말했다.

"하루는 여기 이렇게 있단다, 이월아. 사라질 염려 없이."

눈과 함께 바람이 몰아치는지, 현관문이 잘게 흔들렸다. 꼭 누군가 두드리는 것 같기도 했다. 새엄마가 나를 바라보며 웃었다. 내가 어떻게 반응했더라? 아마 웃었을 것이다. 그 얼굴이 정말 웃는 것으로 보였는지는 모르겠지만 그렇다, 웃었을 것이다. 내가 가까스로 얼굴의 근육을 팽팽히 당겼다는 사실 밖에는 기억나지 않는다.

*

열세 살 때의 일이다. 10년 가까운 시간이 지났다. 하루는 아직도 우리 집 현관에 앞발을 모은 채 앉아 있다. 그리고 지금 집 밖에는 꼭 그날처럼 눈이 내린다. 폭설이라고 했다. 하나 다른 점이라면 지금 내리는 건 녹지 않는 눈이라는 것이다. 눈처럼 내리는 어떤 물질. 별사탕처럼 생긴 실리카겔. 새엄마는 저 괴상한 눈을 무척 좋아했다. 하루 종일 베란다 창 앞에 흔들의자를 두고서 하염없이 바라보곤 했다.

나는 창에서 시선을 떼고 다시 앞을 보았다. 방 안의 모든 창문이 활짝 열려 있었고, 미색 커튼이 흩날렸다. 찬 공기와 함께 반짝이는 눈송이들이 안으로 밀려들었다. 날아온 눈송이들은 방 안 곳곳에 민들레 홀씨처럼 안착했다. 나는 안방 문 앞에 서 있었고, 곧바로 눈에 들어오는 커다란 킹사이즈 침대에는 새엄마가 배 위에 손을 올린 채로 곧게 누워 있었다. 침대 옆 작은 탁자에는 아빠가 종종 즐기던 와인, 그리고 오래전 여행에서 사 온 크리스털 잔이 함께였다. 하나뿐인 잔은 깨끗이 비워져 있었고, 그 옆에는 내 새끼손가락만 한 작은 유리병이 놓였다.

나는 이 병을 알았다. 아주 오래전부터, 새엄마의 수집품 장식장 한구석을 차지하고 있던 병이었다. 항상 제자리에 있어서 무언가에 사용될 거라고는 생각해 보지 않았고, 그 안에 들어 있는 게 무엇인지조차 생각해 본 적 없는 병이었다. 엄마는 이 결말을 언제부터 준비했을까? 재단이 망하고 백영학교가 폐교되었을 때? 녹지 않는 눈이 처음 내렸을 때? 아빠를 만났을 때? 어쩌면 그보다도 전에? 이건 엄마에게 끝일까, 시작일까. 나는 재작년 겨울부터 반복된 일상을 떠올렸다. 그때 새엄마는 더 이상 두 발로 걸을 수 없는 상태였다.

진즉 문을 닫은 백영중 건물이 압류되어 헐값에 경매로 넘어간 날 새엄마는 술을 마시고 차를 몰았다. 어김없이 눈이 내렸으므로 시야는 희미했을 것이다. 사고가 정말 사고였는지 충동이었는지, 계획되었는지는 알 길이 없다. 어쨌든 확실한 건 인적 드문 새벽의 고속도로에서 정신을 잃은 그는 네 시간이 넘도록 찌그러진 차 안에 혼자 있었다는 사실이다. 왼쪽 다리가 문틈에 끼인 채로.

그날 출장을 간 아빠는 연락이 되지 않았다. 괴사한 다리를 잘라 내기 위한 수술 동의서에 사인을 한 것은 나였다. 수술은 성공적이었으며 새엄마는 다리를 잃고 살아났다. 오래된 병실에서 눈을 뜨는 게 새엄마가 바라던 결말이 아니었다는 것만큼은 분명히 알 수 있었다. 그가 다시 집으로 돌아온 날 나를 바라보던 눈빛을 잊지 못한다.

빚을 진 기분으로 지난 3년을 살았다. 아주 어렸을 때부터 그와 함께 살았건만 사고 이전에 함께 보냈던 시간보다 사고 이후에 함께한 시간이 더 많았다. 새엄마는 하루의 대부분을 책을 보거나 스노볼을 닦으며 창가에서 보냈다. 가지고 있던 것을 하나둘 잃어 가다 다리까지 잃어버린 그는 고리타분한 취미에 더욱 몰두했다. 거실 한 벽면을 채우던 스노볼은 점점 늘어나서 집 안 곳곳에 놓였다.

아빠는 언젠가부터 집에 있는 날보다 밖에 있는 날이 더 많아졌다. 자연스럽게 새엄마를 돌보는 건 내 몫이 되었다. 불만은 없었다. 어차피 나 역시 고등학교에 제대로 나가지 않은 지 오래였으므로, 또 그렇다고 딱히 할 일이 있는 것도 아니었으므로. 층계에 앉아 새엄마의 하루를 들여다보면 궁금해졌다. 결국 그가 쥐고 있던 것을 잃게 만든 건 바로 저 눈인데 온종일 눈이 내리는 세상이 뭐가 그리 좋다고.

어느 날엔가 먼저 다가가 새엄마의 맞은편에 앉아 보았다. 마른 수건을 들어 그를 따라 유리구들을 닦았다. 내가 기울이는 방향대로 안쪽 세상에 눈, 꽃가루, 반짝이, 비즈가 쏟아졌다. 손안에 쏙 담기는 세상을 보니 꼭 신이 된 것 같은 기분이 들었다. 내 멋대로 쥐고 흔들 수 있는 세상, 하지만 쉽게 부서지지 않는 세상. 새엄마는 아마 그 둘을 모두 바랐을 것이다. 둘 중 하나라도 원했을 것이다. 하지만 결국 무엇도 얻지 못했지.

우리는 말없이 수집품을 닦고, 일주일에 한 번이나 들어올까 말까 한 아빠의 서재에서 책을 꺼내 읽고, 뉴스를 보고, 창가에 앉아 눈을 보고, 간혹 울리는 전화벨을 무시하고, 간소한 식사를 하고, 짧고 시시한 이야기를 나누며 시간을 보냈다. 그 일상은 내 짧은 삶에서 가장 고요하고 평온한 순간이었다. 그리고 지금 이 순간 새엄마에게도 그 나날들이 나와 같은 의미였기를 바란다. 설령 그게 한 번 실패한 결말을 준비하는 과정이었을지라도.

언젠가 새엄마가 뜬금없는 질문을 던진 적이 있다.

"너 중학교 졸업식 때 내가 갔던가?"

나는 고개를 저었다.

"안 갔구나. 그럼 혼자였겠네."

무료한 침묵이 흐른 뒤 그가 나를 돌아보며 중얼거렸다.

"미안하다. 혼자 있게 해서."

그 말을 내뱉을 때의 눈빛을 나는 오랫동안 곱씹었다. 틈만 나면 사탕처럼 입안에 넣고 굴렸다. 그런데 지금, 어째선지 그 모든 게 무척 가식적으로 느껴진다. 눈앞의 새엄마는 특별한 날에만 입는 옷을 갖춰 입었고, 후련한 표정을 짓고 있었다. 신발까지 맞춰 신고 말이다. 오늘은 새엄마와 아빠의 결혼 기념일, 동시에 내 생일이기도 했다. 숨을 쉬지 않는 새엄마의 모습이 너무 아름다워서 나는 넋을 놓고 서 있었다.

이월아, 엄마를 눈 속에 묻어 주렴. 생일 축하해.

새엄마가 남긴 쪽지에는 그렇게 적혀 있었다. 나는 그 안에 담긴 욕심을 읽어 냈다. 그는 마지막 순간까지도, 마지막 순간이라도 특별하고 싶었을 것이다. 특별한 상태로 영원하고 싶었을 것이다. 그렇게 해 줄 수 있지? 새엄마의 나긋한 목소리가 들려오는 것 같았다. 치사하게 혼자 도망가 놓고. 친자식도 아닌 내게 이런 부탁을 남겼다는 거지. 나는 쪽지를 잘게 찢어서 평온해 보이는 엄마 위로 흩뿌렸다. 휘날리는 쪽지는 바깥의 눈송이들과 다를 게 없어 보였다.

모루

"왜 그렇게 멍하니 있어?"

주영이 내 어깨를 붙잡고 장난스럽게 흔들었다. 나는 흠칫 놀라 주위를 둘러보았다. 설원 곳곳 우뚝 솟은 굴뚝에서 까만 연기들이 피어오르고 있었다. 익숙하다 못해 진절머리 나는 제2눈소각장의 풍경이었다. 뒤늦게 근무 중이었다는 사실이 떠올랐다. 줄어들지 않는 눈을 기계처럼 삽으로 퍼 나르는 행위를 계속하다 보면 몽롱한 상태에 빠질 때가 종종 있었다. 내게서 말이 없자 주영이 호들갑을 떨어 댔다.

"너 괜찮은 거 맞아? 운송 팀에 물어보니까 아까 직원 운송차 빌려서 밖에 다녀왔다며. 그때 눈 엄청 쏟아졌는데."

"응. 별거 없었어."

맨살이 드러나지 않도록 착용한 방독면 때문에 시야가 답답하다. 손목 부근이 말려 들어간 장갑을 바로 하고 삽을 고쳐 들었다. 그저께 눈이 내린 탓에 태울 것들이 잔뜩 쌓여 있었다. 오늘도 눈이 내렸으니 앞으로 일주일가량은 정신없이 바쁠 터였다. 나는 주영을 향해 마저 일하라는 의미로 턱짓했다. 주영이 입을 삐죽이며 툴툴거렸다.

"이게 걱정해 줘도 고마운 줄을 몰라."

"고마워."

"안 듣느니만 못한 감사 인사는 됐다. 아무튼 너무 무리하지 마. 너 요새 좀 이상해."

문득 주영의 말에 쓸데없는 반발심이 들었다. 이상해지는 건 당연한 거 아닌가. 이모가 사라졌는데. 물론 주영이 나를 염려하는 마음을 모르는 건 아니었으나 마음이 꼬이는 건 어쩔 수 없었다. 그래도 나는 내가 꽤 이성적으로 잘 버티고 있다고 자부했다. 이모를 찾기 전까지는 체력이든 정신이든 무엇이든 꽉 붙잡고 있어야 했다.

김 씨의 공장에서 돌아올 때 퍼붓던 눈발이 겨우 좀 잦아들었다. 직원 운송 차량으로 낼 수 있는 최고 속도로 작업장에 복귀했다. 아슬아슬하게 교대 투입 시간에 맞추어서 작업복 환복을 마쳤고, 곧바로 눈을 퍼 나르기 시작했다. 퇴근까지는 아직도 두 시간이 넘게 남았다. 누군가 멀리서 욕설을 내뱉는 소리가 여기까지 들려왔다.

"지랄맞은 눈 더미들은 줄어들지를 않네……."

백영시 특수 폐기물 처리 센터 오후조 A팀. 그럴듯한 명칭을 붙여 놓았지만 실상은 그냥 소각장이었다. 녹지 않는 눈을 태워서 없애는 곳. 전국 각지에서 수거한 눈 더미들이 이곳으로 모였다. 우리는 전신을 감싸는 작업복과 방독면을 착용하고 하루 종일 눈을 옮기고, 눈에 뒤섞여 도착한 쓰레기들 중 재활용 가능한 것을 선별하고, 또 눈을 나르고, 또 눈을 태웠다. 그 단순하기 짝이 없는 일련의 행동들을 반복할 때면 때에 따라 수련하는 듯한 기분이 들기도, 최면에 걸린 것처럼 멍한 상태에 빠지기도, 나 자신을 죽이고 있다는 끔찍한 기분에 사로잡히기도 했다. 그래도 신기하지. 상황이 이런데도 오히려 전에 비해 최악의 상태가 되는 건 줄어들었다. 한참 말없이 작업을 계속하던 주영이 갑자기 나를 불러 세웠다. 그가 방독면의 눈구멍 너머로 눈을 맞추며 물었다.

"센터, 그만둘 거야?"

내가 고개를 가로로 젓자 주영은 약간 풀어진 목소리로 답했다.

"그럼 됐어."

"왜? 나 없으면 심심할까 봐 그러지?"

"시끄러워. 하던 일이나 해."

실없는 소리를 몇 번 더 주고받은 후 우리는 다시 일을 시작했다. 주영이 내가 이곳을 그만둘 것이라고 예상한 것도 무리는 아니었다. 다 죽어 가는 도시의 외곽에 덩그러니 놓인 센터는 지형과 분위기 둘 다 폐쇄적이었으므로, 외부에서 증발한 누군가를 추적하는 데 적합한 장소는 아니니까. 나 역시 퇴사를 염두에 두지 않은 건 아니다. 다만 여기에 발붙이고 있는 편이 이모를 찾기에 더 수월할 것이라는 계산에서 나온 결과였다.

간혹, 타지의 수거 차량들이 쏟아붓고 간 눈 더미를 퍼 나르다 보면 죽은 짐승이나 연고지 없는 시체가 발견되기도 했다. 짐승은 바로 태웠고, 연고지 없는 시체는 눈을 덮어 일주일 정도 썩지 않도록 보관한 후 찾는 이가 없으면 태웠다. 그게 내가 이모의 행방을 좇는 와중에도 눈 소각장을 그만둘 수 없는 이유였다. 만약 이모가…… 이모가 정말 경찰들 말대로 어딘가의 눈 더미에 파묻혀 있다면, 그 눈 더미들은 이 소각장으로 올 것이었다. 나는 어찌 되었든 이모를 찾아야 했다. 그게 더 이상 움직일 수 없는 이모라 하더라도 말이다. 그런 생각을 하며 내 종아리 높이까지 쌓인 눈 더미의 한가운데에 삽 머리를 세게 박아 넣었다. 한 번, 두 번, 세 번.

그러다 어느 순간 픽, 하고 뭔가가 박혔다. 삽 머리를 통해 죽음의 기운이 스며들었다. 등골이 서늘해졌다. 서둘러 둔덕을 이룬 눈을 퍼냈다. 몇 번의 삽질 끝에 드러난 것은 딱딱하게 말라비틀어진 들개였다. 함정에 빠진 짐승처럼 다리에 힘이 풀렸다. 근처에서 작업하던 주영이 달려와 주저앉은 나를 일으켜 세웠다.

"내가 수레 빌려 올게. D 컨테이너로 같이 옮기자."

주영이 수레를 빌리러 간 사이 나는 개를 바라보며 이상한 기분에 휩싸였다. 안도인지 두려움인지 실망인지 모르겠다. 눈을 파내는 내내 이모를 상상했다. 그런데 이모가 아니기를 바란 건지 이모이기를 바란 건지를 모르겠다. 이모는 살아 있어야 하는데, 이곳에 나타나면 안 되는데 나는 결국 언젠가 눈 속에서 이모가 발견될지도 모른다는 가정을 하고 있었다. 바닥이 없는 구덩이에 빠진 기분이었다. 머리가 깨질 것처럼 아프다. 그런데 만약, 정말 만약에. 끝까지 이모를 찾지 못하면 어떻게 하지? 그 이후의 나에게는 뭐가 남아?

떠오르는 것이 없다. 아무것도. 정말 아무것도. 항상 당장 코앞의 현실을 감당하기도 벅차서 먼 미래는 제대로 생각도 해 본 적이 없었다. 늘 그랬지. 나중을 계획하는 건 멍청한 짓이야, 어차피 세상에는 내 뜻대로 할 수 있는 게 몇 없다, 하다못해 이런 세상에 눈뜨게 한 가족조차 나에게는 선택권이 없었다. 내가 그들을 사랑하는 것과는 별개로…… 이건 좀 불공평하지 않나. 지금의 나를 이루는 것 중 내 의사가 반영된

게 있기는 할까.

저 멀리 수레를 밀고 오는 주영이 보였다. 나는 그쪽으로 걸음을 옮기며 주위를 둘러보았다. 모두가 같은 작업복을 입고 엇비슷한 자세로 눈을 퍼내고 있었다. 낑낑대는 주영과 함께 수레를 밀었다. 힘줘서 계속 밀자 수레는 털거덕거리면서도 빠르게 나아갔다. 작업장에는 길이 정해져 있었다. 소각기로 향하는 길과 컨테이너로 향하는 길, 직원용 길과 수레용 길. 불현듯 그 모든 길에서 벗어나 어디론가 달려 나가고 싶다는 생각을 했다. 어떤 흔적도 없고, 누구도 밟은 적 없는 눈밭을 홀로 구르고 싶다고.

주영이 죽은 개의 다리 쪽을, 나는 머리를 붙잡았다. 개는 한때 살아 있었다는 사실이 믿기지 않을 만큼 돌처럼 바짝 굳어 있었다. 우리는 그것을 싣고 다시 수레를 밀었다. 컨테이너까지 길게 이어진 쇠밧줄을 따라 익숙한 길 위를 걸었다. 컨테이너에 도착했더니 그새 새로 발견된 시신들이 죽었을 때의 자세 그대로 엉겨 있었다. 나는 개를 옮긴 후 그들을 하나하나 눈에 담았다. 익숙한 얼굴이나 옷 같은 건 없었다.

머릿속을 텅 비운 상태로 남은 근무시간을 보냈다. 야간조 팀들이 투입되는 것을 보고서야 삽을 내려놓을 수 있었다. 주영이 기지개를 켜며 물었다.

"오늘 저녁은 뭐가 나올까?"

"평소처럼 맛대가리 없는 게 나오겠지."

우리는 로커룸으로 들어가 빠르게 환복했다. 무겁게 전신을 감싸는 옷을 벗고 가벼운 카디건을 걸치니 그제야 좀 숨통이 트이는 듯했다. 눈이 그쳐서 다행이었다. 그렇지 않았다면 기숙사에 도착해서야 이 답답하기 짝이 없는 작업복을 벗을 수 있었을 것이다. 가벼운 차림으로 나오니 소각장 입구에 직원 운송 버스가 기다리고 있었다. 주영이 빠르게 제일 앞자리에 자리를 잡았고, 나는 그 옆에 앉았다. 직원들이 다 차는 데는 시간이 꽤 걸릴 것이다. 등받이에 머리가 닿자마자 곯아떨어진 다른 직원들처럼 나도 잠들고 싶었는데 빌어먹게도 잠이 오지 않았다.

눈을 느리게 깜빡이며 창밖을 응시했다. 저 멀리 새로 내린 눈 더미를 쏟아 내는 수거 차량들이 보였다. 소각장의 하늘은 굴뚝에서 나온 연기로 늘 회색이었고, 땅은 늘 하얬다. 이 눈은 언제까지 내릴까. 멈추는 날이 오기는 할까. 상상을 이어 가다 보면 갑자기 궁금해지는 것이다. 만약 어느 날 갑자기 이 망할 눈이 그친다면 이전의 일상으로 돌아갈 수 있을까? 그런데 이전의 일상이 어땠더라? 그게 무슨 의미가 있어? 나는 이제 돌아갈 곳도 도망칠 곳도 없는데.

마지막 직원이 올라탔고, 버스는 요란한 배기음을 내뿜은 뒤 달리기 시작했다. 우리가 매일 출근하는 제2눈소각장은 그리 멀지 않은 과거에 호수 공원이었다. 나 역시 이모, 그리고 오래전에 잠든 엄마와 함께 생과일주스를 마시며 드라이브를 하곤 했던, 봄에는 벚꽃과 개나리가 피고 여름에는 아가미가 필요할 정도로 습하며 가을에는 은행에서 연말마다 발행하던 달력 속 사진처럼 붉고 노랗게 변했던 곳. 허나 지금 차창 밖으로 보이는 풍경은 익숙한 듯 낯설기만 하다. 사방을 뒤덮은 가짜 눈들과 바싹 마른 죽은 나무들밖에 보이지 않았다. 호수는 말라비틀어진 지 오래였고, 날마다 도착하는 눈 더미는 곳곳에 산을 이뤘다. 이제는 은행에서조차 그런 달력은 찍어 내지 않았다.

기숙사가 있는 센터 본부로 돌아가는 데에는 30분가량이 걸렸다. 주영은 코까지 골고 있었다. 버스는 좀 전까지 내린 눈 때문에 평소보다 낮은 속도로 달렸다. 나 역시 잠들기 위해 눈을 감았다. 그러자 검은 시야 위로 어느 날의 등하굣길이 겹쳐졌다. 목까지 지퍼가 올라오는 생활복을 입고서 버스에 오른다. 카드를 찍고 맨 앞 1인용 좌석에 앉는다. 우리 집은 종점에 가까웠기 때문에 대부분 앉아서 갈 수 있었다. 배낭을 무릎 위에 올려놓고서 눈을 감으면 지금처럼 버스의 진동이 느껴졌다. 바퀴 위쪽 좌석이라 덜컹임이 유난히 심했다. 그렇게 몇 정거장을 더 지나면 버스가 금방 가득 찼다. 나는 얕은 잠에 빠진 채 달린다. 현실인지 꿈인지 모를 의식 안으로 여러 소리들이 침입한다. 누군가 코를 고는 소리, 성능이 좋지 않은 이어폰 너머로 들리는 미세한 음악, 덜컹이는 버스와 엔진의 떨림을 따라 진동하는 좌석, 간혹 들려오는 대화 소리. 친밀하고 편안한 소음들.

잠시 후 이 버스는 목적지인 센터 본부에 도착합니다. 직원 여러분은 자리에 두고 내리는 것이 없는지 확인해 주시기 바랍니다.

그리고 도착을 알리는 기계음도. 꼭 내가 아직 중학생인 것 같았다. 사실 센터나 학교나 별다를 것 없지 않나. 이곳에는 함께 대화할 또래가 있고, 센터의 생활을 관리하는 관리자가 있다. 그들은 센터의 규칙과 작업 방법을 가르치고 돈을 준다. 우리의 성적은 성과급과 추가 근무 수당을 포함한 월급으로 드러난다. 이곳에는 소등 시간이 정확한 기숙사가, 맛은 없지만 삼시 세끼 제공되는 급식이 있다. 우리는 투덜거리면서 일을 하고, 짧은 휴식 시간을 기다리고, 친구를 사귀고, 무리를 만들고, 새 직원에게 텃세를 부리고, 서로 헐뜯고 싸우다가 위로를 건네기도 한다. 그건 학교생활과 다름없는 일상이었다. 센터에는 눈송이에 증발되지 않은 복작거림과 온기가 있었다. 그건 눈이 내리기 시작한 이후로 내가 누리지 못했던 것이었다.

불쑥 손이 떠올랐다. 바닥을 뒹굴던 나를 유일하게 일으켜 세워 준 손길이. 실제로는 거칠고 낯설었던 그 손길이 이제 와서 익숙하고 따뜻하게 기억되는 까닭은 요즘 들어 그날의 꿈을 자주 꾸었기 때문일 테다. 나는 과거에 머물러 있는 것 같다. 매번 그 손길에 일으켜 세워지고 망령처럼 현재를 헤맨다. 그 애는 지금 어디서 뭘 하고 있을까. 분명 내 곁에 있었는데 지금은 행방조차 모르는 이들이 너무 많았다.

나는 끝내 잠들지 못한 채 기숙사가 있는 센터 본부에 도착했다. 이전에 영양제와 화장품을 만드는 공장으로 쓰였다던 건물은 낮은 직사각형 형태에 가장자리가 둥근 곡선으로 처리되어 세련된 인상을 주었다. 나름의 조형물까지 있는데도 교도소처럼 황량한 분위기를 풍기는 것은 어쩔 수 없었다. 조형물은 둥근 반구체 위에 기묘한 비율의 비쩍 마른 노인이 걸터앉아 있는 모양이었는데 매번 버스를 타고 기숙사로 돌아올 때마다 그리 좋지 않은 기분을 선사하는 흉물이었다. 그나마 한 가지 마음에 드는 점이라면 넓디넓은 부지와 남동쪽으로 난 전면 창이었다. 새벽에 기숙사 건물 복도에서 창밖을 바라보면 촘촘히 쌓인 고운 눈밭에 달빛이 비쳐 조명등이라도 켜 놓은 것처럼 환하게 빛이 났다. 나는 그 풍경을 좋아했다. 이런 세상이라도 좋아하는 게 하나쯤은 있어야 살아갈 수 있다는 생각을 하면서.

　버스가 입구로 다가가자 경비원이 운전사의 카드를 확인한
후 차단봉을 올렸다. 잠들었던 직원들이 하나둘 깨어나 차에
서 내렸다. 나는 여전히 세상모르고 자는 주영을 흔들어 깨웠
다. 주영이 눈을 비비며 무릎에 올려 둔 가방을 챙겨 들었다.

　"아, 자다 말아서 그런가 눈이 뻑뻑해."

　"나도 그래."

　일부러 힘줘서 눈을 감고 있었더니 오히려 눈알이 뻑뻑했
다. 버스에서 내린 주영이 늘어지게 하품을 하며 식당으로 앞
장섰다. 식당에는 곧 근무를 나갈 심야조들이 이른 식사 중
이었다. 주영이 식판을 받으며 중얼거렸다.

　"또 무말랭이무침이네. 말린 음식 좀 그만 먹고 싶어."

　"그래도 소시지 있잖아."

　내가 반찬통을 가리키며 대꾸하자 주영이 입술을 비죽였
다. 우리는 기다란 테이블의 중간쯤 자리 잡고서 식사를 시작
했다. 소각장에 다녀오면 배에 구멍이라도 난 것처럼 허기가
진다. 형편없는 식단이지만 배를 채워야 뭐라도 할 수 있다.
무슨 맛인지 느낄 새도 없이 기계처럼 음식을 씹었다. 어느새
대화 소리는 사라지고 끊임없이 뭔가를 씹어 삼키는 소리와
철로 된 식판에 식기가 부딪히는 소리만이 가득했다. 그 소음
의 틈을 파고든 건 뒷자리에 앉은 심야조의 대화였다.

"그래서 신입은 어때? 교육 끝나고 투입된 게 어제부터지?"

"더 일해 봐야 알겠지. 그런데 좀 답답해. 원래 성격이 말이 없는 거 같기도 하고. 물론 일하는 데 말은 필요 없지만 자기 이야기를 아예 안 해. 꼭 도망쳐 온 사람처럼."

"여기 오는 사람들 중에 사연 없는 사람이 누가 있어."

"그야 그렇지. 그럼…… 걔, 주 씨 대타인 건가?"

"응, 뭐."

"신입은 알고 있으려나? 그 사고."

그러고는 약속이라도 한 것처럼 말을 아꼈다. 밥 먹으면서 나눌 이야기는 아니었다. 2주 전 심야조 근무 시간에 벌어진 사고에 대해서는 나도 알고 있었다. 야간조 직원 중 한 명이 제2눈소각장에서 정해진 경로를 이탈해 방황하다 눈사태에 휩쓸려 실종된 사건이었다. 그 직원은 언젠가 우리 손에 의해 발굴될 것이다. 어쩌면 영영 발굴되지 못할 수도 있고. 동료들 손에 의해 눈과 함께 태워지거나 눈 속에 영영 잠들거나. 둘 중에 무엇이 나은지는 모르겠다.

눈사태는 종종 벌어졌다. 제2눈소각장은 과거에 인기 등산 로였던 산과 맞닿아 있었고 때문에 붉은 말뚝으로 표시된 경계를 넘어가면 산에서 흘러내리는 눈 더미에 휩쓸릴 가능성이 컸다. 당연히 눈이 내리는 날에는 더더욱 위험했다. 어디를 가든 하얀 언덕과 기다란 소각 굴뚝이 있는 소각장의 풍경

역시 충분히 방향감각을 상실할 만했다. 나도 입사 초기에는 길을 잃어 조난당할 뻔한 게 한두 번이 아니었다.

하지만 그건 어디까지나 입사 초기의 일이다. 심야조 주 씨는 나와 함께 입사해 일한 지 벌써 1년 반이 지난 직원이었다. 이제 와서 길을 잃는다는 건 이상했다. 그것도 붉은 말뚝에 붉은 밧줄로 표시된 경계를, 눈사태 위험 구역이라고 대문짝만 하게 쓰인 표지판을…… 무엇에 홀리지 않는 이상 실수로 넘어가는 게 가능한가. 어쩌면 주 씨의 자의였을 수도 있지 않을까.

식사를 마치고 후식으로 나온 요구르트의 뚜껑을 뜯었다. 배를 채우느라 정신없는 줄 알았던 주영도 요구르트 뚜껑을 따며 말했다.

"눈사태 말고도 소각장에서 죽은 사람 꽤 많댔어."

내 시선은 주영의 손끝으로 향했다. 아슬아슬하다 싶더니 엄지손가락에 음료가 튀었다. 주영은 손에 뭐가 묻든 아랑곳하지 않고 그대로 입에 요구르트를 털어 넣었다.

"진짜야. 한 달 전에 관둔 시니어한테 들었어. 우리 처음 입사했을 때 인원에 비하면 지금 3분의 1은 줄었잖아. 그래서 모집 기간 아닌데도 계속 추가 모집하는 거고. 그렇게 갑자기 그만둔 사람들 중에는 소각장에서 실종된 사람들도 있대. 거기 워낙 넓으니까. 센터가 우리 구하겠다고 구조 팀을 보내 줄 리는 없잖아. 사실 그 눈밭을 뒤지고 다니는 것도 말이 안 되고. 그냥 그렇게 눈 더미에 파묻혀서 말라 죽는 거야. 그러면 하안참 나중에야 우리가 눈을 퍼내다가 미라처럼 바짝 말라비틀어진 시신을 발견하겠지."

나는 그를 따라 요구르트를 비우며 답했다.

"무섭고 좆같네. 최악의 결말이야."

주영이 장난스럽게 씩 웃으며 대꾸했다.

"그러니까 너도 길 잃어버리지 않게 조심해."

뭐라고 답해야 될지 몰라서 답하지 않았다. 식당을 나와 소화를 시킬 겸 주영과 체육관을 두어 바퀴 돌았다. 짧은 산책을 끝냈을 땐 오후 10시에 가까운 시간이었다. 방을 같이 쓰는 주영이 금요일 밤에 있을 플리마켓을 준비하겠다며 아지트로 떠나는 바람에 나는 혼자 기숙사로 돌아와야 했다. 방문을 닫자 적막이 찾아들었다. 센터 본부와 마찬가지로 오래전에 공장 직원 숙소로 쓰였다던 기숙사 방은 리모델링을 한 덕에 언뜻 그럴듯해 보였으나 가만히 누워 이곳저곳을 살피다 보면 어쩔 수 없는 세월의 흔적과 공장 특유의 삭막함이 고스란히 남아 있었다. 배관과 가스 파이프를 훤히 드러낸 천장 마감이라든가, 잠금장치가 고장 난 오래된 책상, 침대와 벽 사이에 푸르스름하게 퍼지는 곰팡이라든가 이가 어긋나 잘 닫히지 않는 캐비닛 같은 것.

겉옷도 벗지 않은 채 2층으로 된 침대의 1층에 누웠다. 꼭 좁고 깊은 어항에 빠진 것처럼 답답하고 무기력했다. 심란함에 몸을 뒤척이자 겉옷 주머니에서 뭔가가 데구루루 굴러떨어졌다. 스노볼. 빌어먹을 스노볼. 앙증맞게 한 손에 들어오는 그것을 눈앞으로 가져와 흔들었다. 느리게 부유하던 반짝이들이 소용돌이쳤다. 그와 동시에 오랫동안 잊고 있었던 지난 시간의 조각들이 기다렸다는 듯이 수면 위로 떠올랐다. 순식간에 밀려오는 기억의 파도에 나는 몸을 맡겼다.

이이월과 이사장실에서 보았던 스노볼에는 눈이 내리지 않았다. 꼼짝도 하지 않고 장식장 안에 놓여 있던 그것들의 세상은 그 시절 우리처럼 고요하기만 했다. 내가 가만히 장식장을 들여다보자 이이월이 팔을 뻗어 유리문을 열었고, 길쭉한 손가락으로 그중 하나를 집어 들었다.

"뭐 해? 만져도 돼?"

이이월은 태연히 고개를 끄덕였다. 손목을 움직여 쥔 것을 가볍게 흔들자 그 한 뼘짜리 세상에 폭풍이 휘몰아치기 시작했다. 그러고는 보라는 듯이 내 눈앞에 들이밀었다.

"너도 흔들어 볼래?"

내가 그걸 받아 들었었나? 그 애의 말대로 흔들었는지, 아니면 곧바로 원래 놓여 있던 자리에 내려놓았는지는 기억나지 않는다. 나는 그냥 이월의 얼굴을 보았다. 아니 얼굴만 보았다. 그 애의 표정, 입 모양, 광대와 콧잔등에 난 생채기와 눈동자를. 왜 자꾸 이이월이 떠오르는 걸까. 그 무엇도 선명한 게 없는데 걸러 내지 못한 기억들이 이물질처럼 내 머릿속을 부유한다.

지금 와서 곱씹어 보면 첫눈이 내린 열다섯 무렵부터 열여덟이 되는 해까지의 기억이 유난히 희미하다. 센터에서 일하는 또래 동료들이 모두 그런 것처럼. 급격하게 변한 모든 생활을 감당하기에 내 머리는 느렸고, 그 현실에서 비롯한 부정적인 감정을 받아들이기엔 용량이 부족했다. 나는 세세한 디테일, 예를 들면 졸업식을 끝내고 첫 속보를 보았을 때의 기분이라거나 엄마의 마지막 같은 것. 그런 것들은 일부러 지웠다. 인간은 어떻게든 살아남기에 적합하게 프로그래밍되어 있으니까 감당하기 힘든 기억은 알아서 지워지기도 했다. 그 과정에서 얼결에 함께 지워진 기억도 있을 것이다.

이후에 엄마의 짐을 정리하다가 사진 한 장을 발견했다. 아직 앳된 얼굴의 엄마와 이모, 그리고 내 눈매를 꼭 빼닮은 남자가 함께 찍혀 있었다. 아빠에 관해서는 기억나는 게 거의 없었다. 그가 어느 날 일을 나가서 돌아오지 않았다는 사실밖에는. 엄마와 이모는 의식적으로 아빠에 대한 말을 피했고, 그런 그들을 불편하게 만들고 싶지 않아 먼저 물은 적이 없었다. 나역시 먼저 나를 저버린 인간에 대해서는 미련이 없었다.

사진 속 남자는 뚱한 얼굴의 아기를 인형처럼 안았고, 노란색 우주복을 입은 아이는 엄마의 코와 이모의 이마와 남자의 뾰족하지만 순해 보이는 신기한 눈매를 가졌다. 지금보다 웃음이 맑은 이모의 팔목에는 나에게 넘겨준 필름 카메라의 가죽 케이스가 걸려 있었다. 나는 작게 심호흡을 한 뒤, 사진을 뒤집었다. 속이 울렁거렸다.

*

빌라 게시판에 붙은 전단지를 본 건, 이모와 병원에 다녀온 날이었다.

SWDC에서 인력을 모집합니다. 특수 폐기물 처리 전문가 大모집

—신입/경력 상관 무. 만 17세 이상 30세 이하 지원 가능.

—센터 입소자 전원 2인실 기숙사 및 식사 제공.

—업계 최고 수준 연봉. 4대 보험. 안전 장비 일괄 제공.

—근속 연수에 따라 유급휴가 제공. 희망자에 한해 타 지역 파견(서울 포함) 기회 제공.

종이는 번지르르한 광택이 흐르는 재질이었다. 빳빳한 모

서리에 찔리면 피가 날 수도 있을 것 같았다. 나는 내용을 반복해서 읽었다. 그럴듯한 혜택과 명칭으로 포장해 두었지만 결국은 엄마가 하던 일과 다르지 않았다. 매일매일 도착하는 무수한 눈을 태우고, 태우고, 또 태우는 일. 어떻게든 돈을 벌고 싶었던 내가, 하지만 소각장에서 폐가 썩고 싶지는 않았던 내가 그 광고에 혹한 것도 눈 때문이었다. 오로지 눈. 녹내장이 진행되고 있다는 이모의 눈. 내 안의 감정만 파고드느라 신경 쓰지 못했던 이모의 눈 말이다.

의사는 한번 떨어진 시력은 복구하기 어렵다고 말했다. 녹내장은 완치가 아니라 최대한 진행을 늦추는 게 최선인 병이라고도 말했다. 오랜 운전이 문제였다고 한다. 반사판처럼 반짝이는 설원을 별다른 보호 장비 없이 두 눈으로 마주하며 너무 오래 달렸다고. 선글라스 정도야 썼다지만 눈이 아리게 반짝이는 눈송이들은 중년의 안구에 너무 치명적이었다고. 안압은 계속 올라가고 시야는 계속 좁아지고 결국에는 검은 눈동자가 초록빛으로 바랠 거라고.

의사는 마지막으로 여러 안전상의 이유와 더불어서 이 이상 시력을 보호하기 위해서는 운전 일을 그만해야 한다고 말했다. 이모는 어떤 대꾸도 하지 않았고 아무것도 묻지 않았다. 초조하게 같은 질문을 계속 해 댄 건 나뿐이었는데, 무슨 질문을 했고 어떤 답을 들었는지 신기하리만치 전혀 기억이 나지 않았다. 이모는 아무 표정도 짓지 않고서 그냥 앉아 있었다.

"이제 운전 잘하네."

집 앞에 도착해서 이모가 건넨 첫마디는 고작 이런 거였다. 나는 이모의 눈을 바라보았다. 평소와 같은 옅은 갈색이다. 저 눈동자가 녹색빛을 띨 수도 있다니. 그때도 지금처럼 딴생각을 해 버렸던 것 같다. 같은 초록색이어서 그런가? 갑자기 포도가 먹고 싶어졌다. 단 청포도를 껍질째 입안에 넣고 톡 터뜨려 씹고 싶었다. 어쨌든 당장은 이모와 단 둘이 있을 자신이 없었다.

"이모 먼저 들어가. 나 마트 다녀올게."

"그래. 어두워지기 전에 와."

이모는 여느 때와 다름없이 늘어지게 하품을 하며 트럭에서 내렸다. 그러고는 허리에 매어 둔 셔츠를 걸쳐 입고 빌라 안으로 들어갔다. 그 뒷모습이 하도 태평해서, 어쩐지 다 괜찮을 것도 같았다. 어쩌면 별일이 아닐 수도 있을 것이다. 나는 그대로 백영시의 유일한 마트로 향했다. 말이 마트지 과거에 마트로 쓰였던 건물을 고물상 유 씨가 불법으로 개조하고 물건을 들여와 비싸게 파는 곳이었다. 통조림이나 레토르트 식품처럼 필수 식료품들은 가격 담합으로 인해 백영시 안쪽이나 바깥이나 다름없이 동일하게 비싸다는 게 그나마 위안이라면 위안이었다.

20분가량을 달려 마트에 도착했지만 포도가 있을 리는 없었다. 언젠가 남쪽의 어딘가에서는 아직 비닐하우스 안에서 포도 농사가 이뤄진다는 말을 들었다. 그렇게 수확된 포도는 대도시의 '진짜' 마트에 아주 비싸게 팔린다고. 서울에 가면 포도를 먹을 수 있으려나? 지금 당장 차를 끌고 서울로 달려가고 싶었다. 눈이 내리지 않는다면 세 시간이면 충분하다. 서울에서도 가장 큰 마트에 가서, 딱 한 송이의 포도를 사 오자. 수중의 돈을 탈탈 털면, 어쨌든 한 송이 정도는 살 수 있지 않을까. 그리고 다시 세 시간을 달려 집에 돌아와 이모와 나눠먹는 것이다. 우리가 지나온 날들의 어느 평범한 하루처럼.

　하지만 결코 그러지 못할 것이라는 사실을, 누구보다 내가 잘 알았다. 나는 질주하는 대신 참치 통조림 두 개와 골뱅이 캔을 집어 들었다. 카운터의 유 씨가 사냥총을 어깨에 이고서 한 손으로 바코드를 찍었다. 돈을 건네자 유 씨는 직접 적은 자필 영수증을 건네주며 말했다.

　"오늘은 윤 씨 말고 조카가 왔네."

　유 씨의 이 가짜 마트에 물량을 운송해 주는 게 이모였다. 엄마가 죽고 얼마 지나지 않아 유 씨와 거래를 텄으니 그를 알게 된 지도 벌써 3년째였다. 나는 잠시 고민했다. 이모 일 그만둘 거예요. 앞으로는 계속 제가 올지도 몰라요. 그러다 결국 입을 다물었다. 알게 된 지 몇 시간도 지나지 않은 사실을 가지고 벌써 뭔가를 확정 짓고 싶지 않았다. 유 씨는 딱히 내 답변을 들을 생각은 아니었는지 자기 할 말을 계속했다.

"요새 강도들이 기승이라네. 불안해서 그냥 있을 수가 있어야지. 어째 탄알값이 통조림값보다 싸. 유 씨한테도 조심하라고 전해 줘. 호신용 물품도 미리미리 장만해 두고. 그놈들, 어디에서 넘어왔는지 아주 질이 안 좋아. 마트건 운송 트럭이건 가리지 않고 턴다더라고. 모루 너도 조심하고."

"네. 이모한테 전해 줄게요."

"하여간에 만만한 게 백영이지. 내 업장 근처에 얼씬이라도 하기만 해 봐. 이 엽총으로 아주 조사 버릴라니까."

유 씨가 소싯적 군대에서 일했던 이야기를 늘어놓기 시작했다. 말이 길어지기 전에 인사를 하고 마트를 나왔다. 그리고 돌아오는 길에 빌라 게시판에 붙은 센터의 홍보 전단지를 보았다.

내 눈을 사로잡은 건 그 모든 조건들이었다. 돈과 안정성, 기숙사. 그리고 도피. 아마 나는 이모로부터 도망치고 싶었던 것 같다. 정확히는 이모에게, 우리에게 다가온 불행과 낡음으로부터. 우리가 사는 집, 이모의 트럭, 이모의 눈과 몸, 그 모든 게 빠르게 낡아 가고 있었다. 그에 비해 홍보 전단지에 삽입된 센터 건물의 조감도는 원래 있던 건물을 리모델링한 것이라지만 꼭 새것처럼 반짝였다. 나는 전단지를 뜯어 재킷 주머니에 구겨 넣은 채 집으로 돌아왔다. 그날 저녁에는 새로 사 온 골뱅이 캔으로 소면을 해 먹었다. 면을 삶고 남은 물은 버리지 않고 지퍼 백에 포장해 냉동고에 넣었다.

식사를 마친 후에 나는 이모에게 마트 유 씨의 말을 전했다. 그리고 물었다.

"운전, 언제까지 할 거야?"

이모가 답했다.

"할 수 있는 데까지는 해야지."

"강도가 기승이고 눈이 그런데도?"

"아직은 괜찮아. 내일 당장 눈이 머는 것도 아니고, 멀쩡해."

"아직이 언제까진데? 나는 이모가 위험해지는 건 싫어."

이모는 그에 답하지 않고 방으로 들어갔다. 삐걱이는 나무 문이 닫히는 소리가 그날따라 크게 들렸다. 나는 거실에 앉아 베란다 밖을 바라보았다. 놀이터에는 더 이상 어린애들이 없었다. 그 많던 애들은 다 어디로 갔을까? 주머니에 욱여넣었던 센터 홍보 전단지가 바스락거리는 소리를 내며 떨어졌다. 나는 그 새것들을 발로 밟아 버렸다.

해는 빠르게 졌다. 밤이 되자 단지에 쌓인 눈들은 더욱 밝게 빛났다. 너무 밝아서 잠이 오지 않을 지경이었다. 창문 너머로 오토바이의 불안정한 배기음이, 또 뭔가를 부수거나 깨뜨리는 소리가 들려왔다. 애써 눈을 감았다. 한참을 뒤척인

끝에 겨우 잠들 수 있었다.

다음 날 나는 이모에게 센터에 들어가겠다고 말했다. 자질 구레한 모든 것들은 배제하고 조건과 이익만 따진 결과였다. 엄마가 일했던 백영소각장이 안전 장비는커녕 최저 시급조차 제대로 챙기지 않았다는 걸 떠올려 보면 센터가 정부의 지원을 받아 내민 조건은 나쁘지 않아 보였다. 내가 이모 대신 운송업을 물려받아 이곳저곳을 돌아다니거나 다른 도시의 공장에서 숙식을 해결하며 돈을 버는 것보다는 집에서 가까운 센터에서 배곯을 걱정 없이 기숙사 생활을 하는 게 훨씬 안정적이라는 건 세 살배기들도 알 만한 사실이었다. 하지만 이모는 쉽게 동의하지 못했다.

"넌 재수 없다는 생각도 안 드니? 엄연히 사람이 사는 곳을 한순간에 쓰레기통처럼 만들어 버린 사람들이 이제는 일자리를 지원한다고 생색까지 내면서 평생 자기네들 뒤치다꺼리하며 살라는 거잖아. 난 너한테 그런 거 못 시켜. 네 엄마가 어쩌다가 그렇게 되었는데."

처음으로 이모와 큰소리를 내며 싸웠다. 싸우는 동안 이모도 나도 울먹였지만 절대 울지는 않았다. 그건 엄마가 죽은 뒤의 암묵적인 룰이었다. 울면 뭔지조차 모르는 상대에게 지는 것 같은 기분이 들었다. 한마디로 패배감이었다. 길거리에 가만히 서 있는데 갑자기 나타난 미친놈이 뺨을 때린다면 우는 게 아니라 똑같이 뺨을 때려서 갚아 줘야 하는 법이었다.
앞으로도 절대 울지 않을 것이다. 우는 대신 차분히, 침착하
게 손을 들어 그 미친놈의 멱살을 쥐고 꺼져라 외치며 주먹
을 날릴 것이다. 이모도 마찬가지일 테고, 우리는 서로를 믿었
다. 하지만 의견은 좁혀지지 않았다. 이모는 얼굴을 잔뜩 일그
러뜨린 채 말했다.

"난 짐이 되기 싫다. 그럴 바엔 그냥 죽어 버리는 게 나아."

아무리 이모라 해도 그 말은 용서할 수 없었다. 나는 어떻
게든 이모를 상처 입히고 싶었다.

"이모가 죽으면 나도 똑같이 죽어 버릴 거야."

이모가 상처 입은 표정을 지었다. 바랐던 결과인데 통쾌하
지는 않았다. 센터에 들어갈 때까지 이모와 끝내 화해하지 못
했다. 둘 다 무척 화가 나 있었는데, 그게 서로에 대한 화는
아니었으나 화를 낼 상대가 서로밖에 없었다. 둘 다 고집이
센 인간이라 어쩔 수 없었다. 내 이 꼬인 성격은 다름 아닌 이
모에게 물려받았으니까.

입사일은 순식간에 다가왔다. 이모가 나를 배웅하지 않을
거라고 생각했다. 혼자 짐을 쌌고, 혼자 떠날 채비를 마친 뒤
방을 나왔다. 아직 어슴푸레한 새벽이었다. 방에서 자고 있을
줄 알았던 이모는 고글에 외투를 걸친 차림으로 거실에 덩그
러니 서 있었다. 이모가 말했다.

"버스 오는 곳까지 데려다줄게."

이별은 직접적이었다. 이모의 트럭을 타고 집을 떠나는 길, 내가 오늘 밤 내 방이 아닌 다른 곳에서 잠들게 될 거라는 사실을 믿을 수 없었다. 이모와 떨어져서 지내는 것도 마찬가지로 비현실적이었다. 센터로 향하는 픽업 버스에 올라타기 직전에 이모는 표정 없는 얼굴로 나를 꽉 안으며 속삭였다. 이모의 까슬한 곱슬머리가 내 뺨을 간질였다.

"힘들면 언제든지 그만두고 돌아와."

그 온기와 냄새를, 그 순간 약간은 습하고 따스했던 공기의 흐름을 기억한다. 나는 이모의 품에 안겨서, 말없이 고개를 끄덕였다. 잘 지내고 있으라든가, 연락 자주 할게, 라든가 주말마다 올 테니까 밥 잘 챙겨 먹고 있어, 같은 말도 하지 못했다. 눈물이 나올 것 같아서 아무 말도 할 수가 없었다. 그게 마지막이라는 걸 알았다면 그러지 않았을 텐데. 뱃속에 가라앉은 무수한 말들을 전부 까 보였을 텐데.

지금에 이르러서야 생각해 본다. 센터에 지원하지 않았다면 무엇이 달라졌을지. 고민에 고민을 거듭하지만 크게 달라졌을 것 같지는 않다. 세상에는 어찌할 수 없는 흐름이라는 게 있고, 우리는 그저 휩쓸릴 뿐이다.

*

매일 새벽 5시 전국 각지에서 쓸어 모은 눈이 도착했다. 작업조는 오전 팀, 오후 팀, 심야 팀, 새벽 팀으로 나뉘어 눈 소각장은 하루 24시간 내내 돌아갔다. 일은 단순하지만 힘들었고, 녹초가 되어 퇴근 이후에는 아무것도 할 수가 없었다. 센터에서 궂은일을 하는 데 나이 제한을 둔 이유가 있었다. 어린애들은 겁이 많고 잘 속으며 체력이 좋지만 뭘 모르니까. 시키는 대로 잘 움직이니까. 처음에는 생기 있던 이들도 점차 피곤에 찌들어 갔다. 생각이라는 것도 여유가 있어야 할 수 있었다. 우리는 하루하루 주어지는 식사와 침대에 만족하며 성실한 부품이 되었다. 나 역시 마찬가지였다. 의심과 불만은 작아졌다. 그런 건 원래도 피로한 몸의 피로를 가중시킬 뿐이었다. 모두들 조금이라도 덜 우울하고 싶었고, 덜 피곤하고 싶었다. 조금이라도 일상을 즐겁게 해 줄 것이 필요했다. 작업을 손에 익힌 뒤부터 우리는 나름의 유희를 찾아내며 사소한 것에도 크게 웃었다. 그럴 때면 가끔 내가 체험하지 못한 과거의 고등학교, 대학교 생활이 이럴까 하는 생각이 들었다. 시간은 흘렀으나 우리 대부분의 성장은 가짜 눈이 내리기 시작한 그 시절에 멈춰 있었다. 직원들은 어른의 얼굴을 하고 애처럼 웃곤 했다.

그사이 이모와는 몇 번의 짧은 통화가 다였다. 메시지는 종종 주고받았지만 얼굴을 보지는 못했다. 주말마다 보러 가겠다는 초반의 다짐이 무색하게 입사 초기에는 외우고 익혀야 할 것들이 너무 많아 정신이 없었고 일이 손에 익은 후에는 이모가 집에 오는 걸 말렸다. 굳이 올 필요 없다며 주말에라도 마음 편히 쉬라고 했고 나는 못 이기는 척 다음 주에 찾아가겠다고 답했다. 그다음 주가 되면 같은 대화의 반복이었다. 이모에게서 걸려 온 마지막 전화는 받지 못했다. 아니 받지 않았다.

사실 언제든지 찾아갈 수 있었다. 그런데 가지 않은 거다. 내가 두고 온 이모를 내 눈으로 마주하는 게 두려웠다. 피할 수 있을 때까지 피하고 싶었다. 굳이 올 필요 없다고 말하는 이모의 목소리에 나를 향한 그리움이 묻어 있는 걸 알았다. 나 역시 이모가 보고 싶었다. 보고 싶은데 보기 두려웠다. 나에게 이모는 언제까지고 단단한 벽이었는데 그 벽에 금이 가기 시작했다는 걸 그때는 인정하기 힘들었다. 사방이 하얀 소각장에서 하루 종일 같은 노동을 반복하다 보면 꼭 더 이상 시간이 흐르지 않을 것 같은 기분이 들었다. 나도 여기에 이렇게 존재하고 이모도 그렇게 존재하는 일상. 그런 게 언제까지고 지속될 줄 알았다.

센터에서의 시간은 빠르게 흘러갔다. 돌진하는 수거 차량에 치일 뻔한 적도 있었고, 온통 하얀 작업장 한가운데에서 방향감각을 상실해 조난당할 뻔한 적도, 불안정하게 쌓여 있던 눈 더미가 머리를 덮쳐 산 채로 미라가 될 뻔한 적도 있었지만 제일 고역은 건조함이었다. 방부제처럼 수분을 흡수하는 가짜 눈이 산더미처럼 쌓인 곳에서 하루 온종일을 보내다 보면 아무리 보호복과 안전 장비를 챙겨 입었다 하더라도 피부가 뱀살처럼 텄다. 늘 목이 말랐고, 허옇게 살이 튼 전신이 가려웠다.

이모의 트럭은 백영시에서 다른 도시로 향하는 도로의 절벽 아래에서 발견되었다. 가드레일을 박고 추락하면서 여기저기 부딪힌 트럭은 잔뜩 찌그러진 채로 눈밭 한가운데에 덩그러니 놓여 있었고 화물칸은 활짝 열린 채였다. 꼭 마구 구겨진 종이 같았다. 안에는 먹고 버린 육포 포장지, 박스 종이로 만든 명함, 그리고 낯선 스노볼 한 개를 제외하고는 아무것도 없었다. 텅 비어 있었다. 김 씨가 마지막 거래라며 챙겨 주었다던 육포 세 박스도, 이모의 화물칸에서 단 한 번도 떨어진 적 없는 생수 묶음도, 함께 드라이브를 할 때마다 종종 덮곤 했던 체크무늬 담요도 없었다. 화물칸에도, 운전석에도, 조수석에도 없었다. 무엇보다 이모가 없었다. 이모조차 없었다. 그렇게 이모는 사라졌다. 녹지 않는 눈이 내린 지 7년째 되는 해였다.

이월

새엄마는 똑똑하고 아름다우며 스스로를 무척 사랑하는 사람이었다. 너무 사랑해서 자신의 계획대로만 움직이는 인간이었다. 그는 성적, 연애, 진학과 진로, 심지어는 결혼까지도 원하는 청사진을 그려 놓고 그에 따르며 살아왔다. 계획이 틀어지지 않게 하는 방법은 하나였다. 최대한 많은 경우의 수를 떠올리고, 그 모든 상황에 미리 대비하는 것. 선택지가 많지 않았던 학창 시절에는 그게 쉬웠다. 하지만 나이가 들수록 선택지와 그로 인한 기회비용은 곰팡이처럼 증식했고, 새엄마는 점차 두려워졌다. 애초에 삶이라는 게 완벽한 계획이 가능할 리 없었다.

첫 번째 결혼 상대는 소개로 만난 높은 직급의 공무원이었

다. 순탄히 식을 올린 둘은 제법 행복한 신혼을 보냈다. 새엄
마가 호르몬 이상으로 임신이 힘든 몸이라는 진단을 받기 전
까지는. 그건 새엄마도 예상치 못한 변수였다. 사실 그는 원
래부터 아이를 그리 낳고 싶지 않았다. 정확히는 낳을 필요를
느끼지 못했다는 게 맞을 것이다. 새엄마는 아이를 가질 것이
라는 가정하에 결혼했지만 설령 가지지 못한다 하더라도 그
게 결혼 생활의 큰 걸림돌까지는 되지 않을 거라고 여겼다. 허
나 상대 집안은 달랐다. 갈등은 좁혀지지 않았고, 상황 역시
변하지 않았다. 그 끝은 진부하게도 이혼이었다. 그건 새엄마
의 계획에 별다른 변수로 작용하지 않았지만 그가 처음 맛본
실패였다.

새엄마는 억울했다고 한다. 자신이 오직 한 가지 목적으로
재단당한 느낌이었다. 늘 성공만 해 온 사람이어서 더욱 그랬
다. 그는 대신 일에 몰두했다. 이혼 이후에 새엄마는 홀로 많
은 것을 이루고 지켰다. 아버지를 따라 집안에서 운영하는 화
학품 제조 사업체의 국내외 공장을 관리했고, 촌스러운 재단
이미지를 정비했으며 비행기를 타는 게 지겨워졌을 때 쯤 백
영중·고등학교 이사장으로 취임했다. 시간에 여유가 생기자
새엄마는 뒤늦게 자신의 유일한 실패가 거슬리기 시작했다.

그러니까 새엄마가 원한 것은 가정의 형태였다. 책임지지
않아도 되는 가족. 주변의 군소리들로부터 자신을 지켜 줄 만

한 방패. 그리고 지인의 생일 파티에서 아빠를 만났다. 둘은 성향이 비슷했고 사업, 이미지, 심지어는 취향 부분에서까지 이익 관계가 일치했다. 살림을 합친 후에도 둘은 부부라기보다는 파트너에 가까웠다. 둘의 깔끔한 관계는 서로에게는 좋았을지 몰라도 어린 시절의 나에게는 쉽게 이해할 수 없는 종류의 것이었다.

그 시절 새엄마가 유일하게 두려워하는 건 시간이었다. 아무리 완벽한 그라도 시간은 어찌할 수 없었으니까. 그 증상은 정정하던 외증조할머니에게 치매 증상이 나타나자 더욱 심해졌다. 고작 젓가락 쥐는 법 따위로 불호령을 내리던 사람이 병상에 누워 어린애 같은 말투를 쓰는 모습은 적잖은 충격과 허무를 선사했다. 새엄마는 시간이 지남에 따라서 빠르게 변하는 것들, 자신이 이뤄 놓은 것이 바래지는 현실과 늙어 가는 것, 언젠가는 다가올 퇴화와 그로 인한 죽음을 두려워하기 시작했다. 스노볼을 모으기 시작한 건 그때부터였다. 엄마는 그 안쪽의 세계가 부러웠을 것이다. 어떤 외풍도 낡음도 없이 보호받는 세계가. 하지만 우습게도 엄마가 쌓아 올린 것들을 무너뜨린 것 역시 바로 그 눈이었다.

이 모든 건 지난 1년 동안 눈이 내릴 때마다 새엄마가 나에게 직접 해 준 이야기였다. 언젠가 그는 사실 자신은 겁이 많은 사람이라고 고백했다. 너무 겁이 많아서 모든 것을 미리 대비하지 않고는 견딜 수 없었는데 삶이라는 게 그럴 수 없는 거라 결국 꺾여 버렸다고 말했다. 그리고 나에게 너는 그러지 말라고도 말했다. 그 말이 어째서 지금에야 떠오르는지 모르겠다. 새엄마는 이 결말을 언제부터 계획했을까? 나와 함께 스노볼을 닦으면서도 이런 끝을 상상했던 걸까.

나는 엄마의 마지막 소원을 들어주고 싶었다. 엄마가 원하던 대로 오랫동안 썩지 않도록 그 좋아하는 눈 속에 묻어 주고 싶었다는 말이다. 그게 뭐 어려운 일이라고. 하지만 아빠는 그럴 수 없다고 했다. 엄마는 아무래도 아빠를 너무 얕보았다. 그래도 마지막 말이라면 들어줄 줄 알았나 보지. 크나큰 오산이다.

아빠는 엄마의 자살을 사고사 혹은 병사로 처리하고 싶어 했다. 그게 자살처럼 군말 많은 사인보다 면이 산다는 이유였다. 어차피 녹지 않는 눈이 내린 이후로 죽음의 이유 따위는 아무도 세세하게 신경 쓰지 않는 것이 되었다. 아빠는 꼭 하루가 죽었을 때처럼, 무척 슬픈 목소리로 엄마의 장례식을 화려하게 치르고 최고급 납골당 자리에 안치할 것이라고 통보했다. 나는 아빠 앞에서는 알아서 하라며 고개를 끄덕였지만 그렇게 하도록 두고 싶지는 않았다. 하지만 어떻게? 차도 없고 운전할 줄도 모르는 사람이 죽은 사람을 옮기는 건 쉬운 일이 아니었다. 그때 번뜩 떠오르는 것이 있었다. 서랍을 뒤져 오래전에 주운 명함 한 장을 찾아냈다.

경력 20년. 언제 어디로든 운송 가능. 000-1111-2222

반강제로 입학한 기숙형 고등학교에서 완전히 짐을 빼던 날 집으로 돌아오는 길에 목이 말라 들렀던 마트의 주차장에서 주운 것이었다. 우둘투둘한 시멘트 바닥 위에 한 무더기가 널브러져 있었다. 빳빳한 종이에 직접 적어 만든 홍보 명함. 흰 바탕에 매직으로 적힌 투박한 명함이 신기해서 버리지 않고 보관했었다.

호기심에 챙겼던 번호를 이렇게 쓰게 될 줄은 몰랐지. 엄마는 내가 처음 발견했을 때 그대로 침대에 누워 있었고, 아빠는 사망진단서를 작성하는 왕진 의사와 금액을 맞추는 중이었다. 의사가 예상보다 높은 금액을 불렀는지 큰소리가 내 방까지 닿았다. 엄마가 쓰던 핸드폰을 꺼내 적혀 있는 번호로 전화를 걸었다. 신호는 얼마 가지 않았다. 칼칼한 목소리를 가진 여자가 응답했다.

—전화 받았습니다.

"명함 보고 연락드렸어요."

—아, 이제 운전 일 안 합니다. 다른 분 찾아보세요.

곧 전화를 끊을 것처럼 소리가 멀어졌다. 나는 서둘러 여자를 붙잡았다. 중요한 건 지금 당장이었다. 새로 사람을 구할 여유 같은 건 없었다.

"잠, 잠시만요. 돈 많이 드릴게요. 있는 거 다 드릴게요."

스피커 너머 침묵이 길어졌지만, 다행히 통화가 끊기진 않았다. 나는 여자의 답을 기다렸다.

"저 돈 많아요. 정말 급한 일이라 그래요."

여자는 망설이다 물었다.

— 어디로 가면 됩니까?

나는 안도의 한숨을 내쉬었다. 빠르게 집 주소를 말하고는 들어올 때 초인종을 누르지 말고 전화를 달라는 말을 덧붙였다. 여자는 미심쩍어하면서도 알겠다고 답했다. 전화를 끊기 직전이었다.

— 그런데, 옮길 물품이 뭐예요?

순간 머릿속이 하얘졌다. 나는 말을 돌리거나, 숨길 생각도 하지 못하고 떠오르는 그대로를 곧바로 뱉어 냈다.

"그게, 혹시…… 사람도 옮기나요?"

— 죽은 사람? 산 사람?

"죽은 사람."

여자는 말이 없었다. 나는 불안한 마음에 덧붙였다.

"살인 같은 거 아니에요. 그냥 원하는 곳에 잠들게 해 주고 싶어서 그래요."

그다음 들려온 건 전화가 끊겼다는 신호음이었다. 망연자실해져 액정을 들여다보았다. 낯선 번호가 깜빡이며 통화 종료를 알렸다. 아빠는 아직도 의사와 말싸움 중이었다. 운송업자가 정말로 올지 말지는 알 수 없었지만 일단 준비는 해 두어야 했다. 복도 끝에 있는 아빠의 서재에 몰래 들어가 금고 앞에 섰다. 자주 쓰는 번호 몇 개를 순차적으로 맞추자 잠금장치가 열렸다. 전부터 방학 때 집에 오면 야금야금 돈을 빼가곤 했다. 아빠가 모를 리는 없으니, 알아도 굳이 바꾸지 않고 놔두는 것일 테다. 안에는 현금이 다발로 놓여 있었다. 평소 같았으면 그중 몇 장만 빼냈을 테지만, 오늘은 얼마가 필요할지 몰랐으므로 한 손에 잡히는 세 뭉치를 빼냈다. 이 정도면 되려나. 부족하다고 하면 더 빼서 주지 뭐. 그렇게 생각하며 방으로 돌아와 전화를 기다렸다.

창틀이 세게 흔들렸다. 모래시계가 떨어지는 듯한 소리가 나는 걸 보니 또 눈이 오는 모양이었다. 운송업자는 과연 와줄까. 오지 않으면 어떡하지? 나 혼자 엄마를 업고 나갈 수 있을까? 나는 꼭 엄마처럼 배 위에 손을 올리고 정자로 누웠다. 창백한 조명에 눈이 시렸다. 그리고 노크 소리가 들렸다. 내가 들어오라고 답하기도 전에 문을 연 아빠가 정장 재킷을 걸치며 말했다.

"잠깐 나갔다 오마. 사망진단서 작성하는데 직접 봐야 할 것 같아. 장례는 내일부터 집에서 치를 거다. 너도 오늘은 쉬고 내일 입을 옷들 챙겨 둬. 아침 일찍 업자들이 오기로 했으니 먼저 자렴."

나는 얌전히 고개를 끄덕였다. 아빠는 아무리 말 안 듣는 나라지만 오늘 같은 날은 얌전히 있을 거라고 생각했을 것이다. 텅 빈 집에 죽은 아내와 자식을 둘만 둘 수 있는 마음이 궁금했다. 하지만 아빠, 나를 너무 만만히 봤어. 아빠가 의사와 함께 집을 나가는 소리가 들리자마자 창문에 코를 박고 차가 떠나는지를 확인했다. 바퀴에 체인을 장착한 아빠의 승용차가 덜컥이며 집 앞 도로를 빠져나갔다. 나는 다시 운송업자에게 전화를 걸었다. 지금이 기회였다. 오지 않는다면 어떻게든 스스로 움직여야 한다. 업자는 전화를 받지 않았다. 나는 전화를 끊고 다시 다이얼을 눌렀다. 또 신호가 갔다. 이번에는 목소리가 들려왔다.

— 거의 다 왔습니다. 문 열어 두세요.

안도의 한숨을 내쉬었다. 서둘러 옷을 껴입고 눈에 닿지 않도록 마스크와 장갑, 모자로 무장을 했다. 안 쓰는 상자 하나를 꺼내 엄마가 애지중지 모아 두었던 스노볼들을 담았다. 상자는 금세 가득 찼다. 마지막으로 돈도 챙겼다. 모든 채비를 마친 뒤 집 앞 도로가 보이는 내 방 창문에 서서 운송업자가 오기를 기다렸다. 유리창에 엊그제 새로 탈색한 머리카락이 비쳐 보였다. 얼굴은 흐릿하고 머리색은 선명하다. 20분쯤 지났을까. 아빠가 언제 돌아올지 몰라 초조해질 무렵, 낡은 소형 화물 트럭 하나가 집 앞에 멈춰 섰다. 트럭 문이 열리고 여자가 내렸다. 위아래가 연결된 작업복에 고글을 쓰고 목도리를 코까지 덮은 채 둘둘 말고 있었다. 높게 올려 묶은 곱슬머리가 눈에 띄었다. 묘한 기시감을 뒤로하고 나는 현관으로 내려가 문을 열었다. 여자가 전화보다 한결 가벼운 목소리로 물었다.

"그래서 옮길 사람은 누구야?"

나는 엄마를 꼭 집에서 먼 곳의 눈에 묻어 줘야 한다고 답했다. 그게 엄마의 마지막 소원이라서. 생일 축하한다는 말과 함께 들은 당부라서.

*

운송업자는 자신을 유진이라고 소개했다. 나는 그와 낑낑대며 엄마를 옮겼다. 엄마가 좋아하는 오리털 이불에 둘둘 말아서 트럭에 실었다. 그 과정에서 옷이 흐트러지지 않게 하느라 상당히 애를 먹었다. 중요한 건 있는 그대로 보존하는 것이었다. 묻을 때 필요한 삽과 장비도 몇 개를 골라 실은 뒤 미리 담아 둔 스노볼은 조수석에 내가 안고 탔다. 그 모든 정리를 끝내니 새벽 2시가 가까운 시간이었다. 유진이 트럭에 시동을 걸며 물었다.

"어디에 묻을 거야?"

나는 내가 생각하기에도 의뢰인치고는 책임감 없는 답변을 뱉었다.

"눈이 제일 많은 곳이요."

엄마는 자신을 눈 속에 묻어 달라고만 했지 구체적으로 장소를 명하지 않았다. 그냥 집 근처 뒷산에도 묻을 수 있었지만 이왕이면 엄마가 만족할 만한 곳에 묻어 주고 싶었다. 아무도 눈을 치우지 않는 곳, 녹지 않고 쌓이기만 하는 곳. 오랫동안 썩지 않을 수 있는 곳.

유진은 잠시 생각하는 듯 핸들을 쥐고서 가만히 앉아 있었다. 나도 가만히 앉아 유진의 의견을 기다렸다. 나름대로 열심히 머리를 굴리는 중이었으나 딱히 적당한 곳이 떠오르질 않았다. 어차피 새벽은 길었으니까. 나는 유진의 트럭 곳곳을 훑었다. 20년 경력이라더니 트럭에는 세월의 흔적이 곳곳에 스며 있었다. 작은 방처럼 온기가 있는 공간이었다. 백미러에는 여느 기사들처럼 자질구레한 부적이나 열쇠고리가 매달려 흔들렸다. 그중 사진이 든 아크릴 열쇠고리에 시선이 닿았다. 무척 오래된 필름 사진이었다. 아크릴 액자는 곳곳의 기스로 인해 반투명에 가까웠고 대여섯 살쯤 돼 보이는 어린애의 얼

굴을 확대한 사진이 들어 있었다. 프레임 전체에 눈코입만 가
득했다. 내가 사진을 계속 바라보자 유진이 슬쩍 말했다.

"조카야. 귀엽지?"

나는 고개를 끄덕였다. 모든 애기들이 그렇지만 귀엽긴
했다.

"지금 저 나이는 아니고 징그럽게 다 컸어. 네 또래겠다."

유진이 불현듯 좋은 생각이 떠올랐다는 듯이 손뼉을 쳤다.
나는 사진에서 시선을 떼고 유진을 바라보았다. 언제 벗었는
지, 머플러와 고글 너머로 맨 얼굴이 드러났다. 그 순간 집요
한 기시감의 정체를 깨달을 수 있었다. 유진이라는 이름. 그리
고 높게 올려 묶은 곱슬머리. 세월의 흔적이 담겼지만 그럼에
도 단숨에 알아볼 수 있는 얼굴이었다. 나를 화물칸에서 꺼
냈던 운전기사. 유진은 내 눈을 마주 보며 말했다.

"생각났어. 눈이 제일 많은 곳."

"어디?"

"백영시로 가자. 그곳엔 매일 새벽이면 치운 눈이 또 쌓이
니까."

나는 이 우연을 어떻게 받아들여야 할지 고민했다. 하지만
역시 과거와 마찬가지로 딱히 큰 의미가 있는 재회는 아니었
으므로 더 이상 신경 쓰지 않기로 했다. 유진은 나를 알아보
지 못하는 것 같으니 더더욱 상관없었다. 유진이 대답을 재촉

하듯 눈썹을 치켜올리며 나를 응시했고, 나는 고개를 끄덕였다. 목적지를 정한 트럭은 망설임 없이 달려 나갔다.

백영시. 중학교를 졸업하고 한 번도 발길을 두지 않은 곳이다. 생각해 보면 백영시만큼 적절한 곳도 없었다. 전국의 눈이 모이고, 새로 쌓이는 눈을 아무도 치우지 않는 곳. 백영시 바깥의 사람들은 백영시를 향해 더 이상 사람이 살 수 없는 곳이라고 말했다. 유진은 라디오 채널을 맞추며 백영시에 오래된 집이 있다고 중얼거렸다. 나는 의견을 덧붙였다.

"백영중학교로 가요. 거기에 묻어요."

유진이 나를 빤히 바라보았다.

"엄마가 이사장이었어요. 저도 거기 나왔고요."

"우리 조카랑 같네. 나 거기 졸업식도 갔었어."

트럭은 계속 달렸다. 눈이 오다 말다를 반복했다. 나는 차창 밖의 풍경을 구경했다. 수도로 이사 온 이후로 이곳을 빠져나가는 건 처음이었다. 한 시간 정도 달렸나. 라디오에서 오래된 재즈가 흘러나왔다. 지금쯤 아빠가 나와 엄마가 사라진 걸 알아챘으려나? 아니면 아직도 의사와 사망진단서를 가지고 말싸움 중이려나? 뭐가 되었든 상관없다. 창밖으로 펼쳐진 설원을 보고 있으니 정말 아무것도 상관없다는 생각이 들었다. 유진이 말했다.

"백영시까지는 두 시간쯤 걸려. 좀 자 두렴."

나는 지금 공장의 폐기물을 옮기던 트럭 운전사와 함께 죽은 새엄마를 싣고서 고속도로를 달리고 있다. 여기서 잠드는 것도 좀 이상하지 않나. 잠시 고민하는데 와중에 신기하게도 졸음이 몰려왔다. 평소에는 그렇게 자고 싶어도 잠이 오지 않았는데. 나는 챙겨 온 돈뭉치를 미리 꺼냈다. 나름대로 잔머리를 쓴다고 세 뭉치 중 혹시 몰라 두 뭉치만을 유진에게 넘겼다. 유진은 한 손에는 핸들을 쥔 채 다른 한 손으로 돈을 받아들었다. 그러고는 아무렇게나 작업복 주머니에 쑤셔 넣은 뒤 별말 없이 운전을 계속했다.

"안 부족해요?"

유진이 피식 웃으며 답했다.

"왜, 부족하다고 하면 남은 한 묶음도 주게?"

속내를 간파당했다는 생각에 얼굴에 열이 올랐다. 서둘러 다른 한 묶음을 꺼내기 위해 옷 안쪽을 뒤적였다. 유진은 손사래를 치며 말했다.

"됐어. 두 묶음도 많다. 그건 너 용돈 해."

그는 이러니까 꼭 자기가 선심 쓰는 듯한 기분이 든다며 웃었다. 나는 어떻게 반응해야 할지 몰라서 어색하게 입꼬리를 올려 보였다. 분명 아주 이상한 표정이었을 것이다. 도로는 가도 가도 끝이 없었고, 얼마를 나아가든 똑같은 풍경이었다. 간혹 오토바이 무리의 요란한 배기음이 들려오는 것을 빼면 소음조차 없었다. 나는 계속 졸았다. 이렇게 잠이 쏟아지는 게 얼마 만이더라. 하여간 너무 졸렸다. 똑같이 반복되는 눈앞의 풍경도, 나른한 재즈 음악도. 문득 이 드라이브가 영원했으면 좋겠다는 생각이 들었다. 그럼 나도 계속 잘 수 있을 텐데. 자다 일어나도 계속, 계속 달리고 있다면 무척 좋을 것이다. 엄마도 매일 창가에 앉아 쏟아지는 눈을 보며 이런 생각을 했던 걸까? 실없는 생각을 이어 가다 어느 순간 빨려 들어가듯이 잠이 들었다.

*

처음 탈색을 한 건 막 중학교 2학년에 올라갈 무렵이었다. 대단한 이유가 있다기보다는 그 나이 아이다운 유치한 충동에 가까웠다. 그럼에도 계기를 떠올려 보자면 역시 하루 때문이었다. 아빠가 관리하던 연구소가 친환경 화장품과 영양제를 간판으로 내세운 제약 회사 산하였다는 사실을 깨달은 것도 그즈음이었다. 피스 앤 그린, 그 회사가 내건 문구였다.

처음에는 꿈이었다. 거의 매일 하루의 꿈을 꾸었다. 눈을 감으면 눈을 감기 전과 마찬가지인 방의 천장이 보였고, 눈에서 진물이 흐르는 하루의 눈이 뚫어져라 나를 마주 보고 있었다. 하루의 검은 털과 눈동자는 무척 까매서 어둠 속에 기이하게 빛났다. 나는 매번 놀라 소리를 지르며 잠에서 깼고, 늘 나 혼자였다. 방 모서리에 걸어 둔 전신 거울에 내 모습이 비쳐 보였다. 어두운 방 안에서 공포에 질려 식은땀을 흘리는 내가 꼭 하루처럼 보였다. 머리는 하루의 털처럼 너무 까맸고, 형형한 눈동자는 파 버리고 싶었다. 그때 처음 생각했다. 어둠 속에서 내가 나를 구별할 수 있게 조금이라도 밝아지고 싶다고.

그리고 언제부터인가 꿈이 아닌 순간에도 하루가 보였다. 현관에 꼿꼿이 허리를 세우고 있는 하루는 매일매일 엄마가 관리하는 덕에 윤기가 흘렀다. 나는 깜빡이지 않는 하루의 두 눈이 두려워서 되도록 눈을 마주치지 않았는데, 한번은 주저앉아 신발 끈을 묶는 중에 왈 하고 개 짖는 소리가 들렸다. 뒤를 돌아보았더니 하루가 혀를 쭉 뺀 채 헥헥거리며 나를 배웅하고 있었다. 죽기 직전의 모습과 하나도 달라지지 않은 모습이었다. 나는 손을 뻗어 하루를 쓰다듬었다. 털은 부드러웠으나 그 아래의 몸은 나무토막처럼 딱딱했다. 하루는 여전히 왈 하고 짖었다.

발등에 못을 달고 기어와 내 옆에서 잠을 잘 때도 있었다. 밤에 불을 끄고 누우면 하루가 앞발로 문을 긁는 소리가 들렸다. 그 소리는 문을 열 때까지 절대 멈추지 않는다. 잠결에 문을 열어 주면 발등에 못을 매단 하루가 방 안으로 뛰어

들었다. 하루는 분명히 존재했다. 눈에 보였고, 손에 만져졌고, 소리가 들렸다. 이렇게 생생한 감각이 가짜라고? 늘 귓가에 하루가 짖는 소리와 낑낑대는 소리, 탕 하는 소리가 맴돌았다. 내 눈에 선명히 보이는 하루를 가족들 중 그 누구도 보지 못했다. 내가 발치를 맴도는 하루를 응시할 때마다, 하루가 짖는 소리를 향해 자리를 박차고 뛰어나갈 때마다 새엄마를 제외한 대부분의 사람들은 나를 끔찍한 눈으로 바라봤다. 점점 나는 내가 어딘가 이상한 세상에 갇혔다는 걸, 내 세상이 미묘하게 비틀려 버렸다는 걸 깨닫게 되었다.

처음엔 우스웠다. 그들이 뭘 모른다고 생각했다. 이상한 건 내가 아닌데. 이상한 건 내가 아닌 나를 둘러싼 것들인데. 하지만 생각과 악몽을 거듭하고 머리가 커지고 시야의 하루가 선명해질수록 혼란이 찾아왔다. 다른 사람들은 네가 느끼는 걸 모르잖아. 무슨 증거가 있지? 하지만 느낄 수 있는데? 네가 느끼는 게 전부 진짜야? 그럼 가짜야? 진짜고 가짜고는 어떻게 구별해? 폐기물과 친구를 구별하는 법도 모르잖아 너는. 늘 사방에서 소리가 들려왔는데 그게 누가 내는 소리인지 알 수 없었다. 종내는 차라리 하루가 짖는 소리가 편안할 지경이었다. 그리고 문득 주위를 둘러보자 나는 정신 나간 애, 혹은 이상한 애, 점잖고 성실한 이사장네 애물단지가 되어 있었다.

내가 제일 듣기 싫었던 건 안타까운 척 우월감을 느끼는 목소리들이었다. 착하고 순했는데 어쩌다 저리 되었을까, 얌전하게 생겼는데 뭐가 문제일까, 혀를 차는 소리들, 아주 지긋지긋했다. 얌전해 보이지 않으면 좀 덜 불쌍하게 여기려나? 어차피 씹어 댈 것은 뻔하다. 아빠는 나를 숨기는 데만 급급하지. 저들에게 나는 이미 완벽한 가족의 유일한 흠집으로 자리 잡았다. 내 눈에 보이는 것, 보이지 않는 것, 내 얼굴과 하루의 얼굴, 하루가 짖는 소리와 그 털의 감촉, 지난 기억과 그 기억의 보관, 왜곡. 뭐 하나 확신할 수 있는 게 없었다. 모든 게 헷갈렸다. 그래도 모두가 헛소리로 치부하는 나의 말에 귀를 기울인 건 새엄마뿐이었다. 일말의 책임감이었을 수도 있고, 어쩌면 단순한 흥미였을 수도, 자신의 완벽한 끝맺음을 위한 밑밥이었을 수도 있다. 하지만 그럼에도 나는…… 그냥 고마웠다.

아직 눈이 내리지 않는 여름이었다. 하루가 온 방 안을 뛰어다니며 짖어 대서 도저히 잠들 수가 없었다. 결국 방에서 나와 옷을 챙겨 입었다. 하루는 신이 나서 내 뒤를 졸졸 따랐다. 그리고 현관에서 새엄마를 마주쳤다. 그가 야밤에 무슨 일이냐고 물었다.

"하루가 산책을 나가고 싶은 것 같아요."

엄마는 나와 신발장 옆에 놓인 박제된 하루를 번갈아 응시하고는 태연히 답했다.

"하긴 하루 산책 안 시킨 지 너무 오래되었네. 같이 가자."

엄마는 카디건을 걸치고 현관을 나섰다. 늦은 여름밤 나는 하루, 그리고 새엄마와 나란히 동네를 걸었다. 모기를 떨치느라 발을 구르기도 하고, 괜히 손끝을 만지작거리기도 하면서. 하루는 신기하게도 짖지 않았다. 얌전하게 입을 다물고 새엄마와 나 사이에서 늠름하게 걸었다. 바람개비처럼 돌아가는 꼬리가 신기했다. 간만에 기분이 좋아 보이는 하루를 보니 나도 기분이 좋았다. 날씨는 약간 습했지만 적당히 선선했다. 우리는 동네에서 가까운 공원으로 향했다. 벤치에 앉아 하루를 무릎 위에 올려 두고 있는데 새엄마가 허리를 굽히더니 꼭 강아지의 턱을 긁는 것처럼 허공에 연기를 했다.

"하루도 오랜만에 산책했더니 기분이 좋나 봐. 진즉 올걸 그랬다."

하루는 내 무릎 위에 있는데. 그래도 기분이 나쁘지 않았다. 나는 그의 연기에 장단을 맞췄다. 새엄마가 편의점에서 아이스크림을 사 줬고, 입에 아이스크림을 문 채로 우리는 집에 돌아왔다. 어디를 다녀왔냐는 아빠의 물음에는 편의점 봉투를 흔들었다. 그날 하루는 집에 돌아와서도 짖지 않았다. 하루가 얌전히 잠든 덕에 나 역시도 깊게 잠들 수 있었다. 이후로 새엄마, 하루와의 밤 산책은 종종 이어졌다.

마지막 밤 산책길에 어두운 골목 안으로 뛰어 들어가는

하루를 보며 탈색을 다짐했다. 집에 돌아와서 거울을 보자, 거울 속에 내가 아닌 하루가 비쳐 보였다. 머리카락은 나에게 붙어 있는 유일한 죽은 세포라는 점에서 어쩌면 하루와도 닮은 것 같았다. 싸구려 큐빅이 박힌 피어싱도 달았다. 불에 달군 송곳이 귓바퀴를 뚫을 때면 화물칸과 구덩이를, 시야를 맴도는 하루를 잊을 수 있었다. 통증은 진짜였다. 꿈에서도 뺨을 때리면 현실로 돌아올 수 있듯이 통증은 내가 진짜라는 증거였다. 나는 밝고 반짝이는 것에 의지했다. 그것들은 유일하게 나를 가리키는 지표였다. 구덩이에 빠지더라도 다른 누군가가 빛나는 그것들을 보고 나를 끌어 올려 줄 수 있을 것 같았다. 그게 누구인지는 모르지만. 어쨌든 약간은 안심이 되었다.

어른들은 더 이상 나를 보고 안 그렇게 생겨서는 불쌍하게 됐다는 말을 하지 않았다. 그냥 고개를 젓거나 관심을 껐다. 불쌍한 취급을 받는 것보다는 욕을 먹는 게 나았다. 훨씬 편했다. 귀찮은 가짜 관심들을 걸러 냈더니 아무도 나에게 뭐라고 하지 않았다. 차라리 후련했다. 물론 탈색도 여간 귀찮은 일이 아니어서 하다 말다를 반복했지만.

그리고 첫눈이 내렸다. 6월의 함박눈. 그 애를 만난 날이었다.

*

묘한 안정감에 눈이 떠졌다. 트럭은 시동이 꺼진 채로 도로 갓길에 멈춰 있었다. 그새 도착한 걸까 싶었는데 도로의 한가운데였다. 내가 주위를 두리번거리자 유진이 내 어깨를 붙잡아 눌렀다. 그가 입가에 세로로 검지를 가져다 대며 속삭였다.

"잠시만 조용히 있자."

스산한 정적 너머로 저 멀리의 소음이 닿았다. 유진이 고개를 돌려 어딘가를 응시했다. 나는 유진이 보는 곳을 따라 바라보았다. 넓게 펼쳐진 설원의 정중앙을 어떤 무리가 가로지르고 있었다. 오토바이 서너 대와 지프차 한 대. 배기음이 크지 않았고, 무리도 작았다. 그래서 더욱 미심쩍었다.

"강도들이야. 위쪽 도시에서 넘어왔다고 들었는데 질이 안좋아. 마주치지 않는 게 상책이야. 그래도 너무 걱정하지는 않아도 돼. 백영시에 거의 도착했다는 뜻이거든."

눈이 내려서 다행이었다. 쏟아붓는 눈 때문에 당장 코앞의 시야도 흐릿했다. 오토바이의 배기음이 완전히 멀어질 때까지 우리는 불 꺼진 차 안에 숨을 죽인 채 앉아 있었다. 이윽고 그들이 설원의 점처럼 작아지고 나서야 유진은 다시 시동을 켰다. 오래된 트럭이 크게 덜컹이면서 스노볼 몇 개가 바닥으로 떨어졌다. 허리를 숙여 떨어진 것들을 주워 담았다. 다시 자세를 바로 하자 창밖으로 익숙한 건물의 모습이 스쳐 지나갔다. 아빠가 일하던 연구소이자 공장이었다. 중학생 때였나, 아빠는 회사를 옮겼다. 옮기고 얼마 지나지 않아 사업체가 팔렸다는 이야기를 들었다. 건물은 여전히 어디선가 사용하고 있는 듯했다. 곳곳에 불이 켜져 있었고, 오고 가는 차량들이 보였다. 그때 유진이 입을 열었다.

"특수 폐기물 처리 센터야. 들어 봤지?"

고개를 끄덕였다. 한동안 센터의 설립을 가지고 말이 많았던 걸 기억한다.

"조카가 저기서 일해. 나는 안 했으면 했는데, 무슨 결심인지 꼭 가겠다더라고. 지 엄마가 소각장에서 그렇게 갔거든. 둘 다 성질이 있어서 입사일까지 큰소리 내고 싸웠어. 보내기 전에 한 번 껴안아 주긴 했는데 아직도 걸리네. 많이 바쁜 거 같아서 쉽게 오라고 할 수도 없고 말이야. 다음에 만나면 너한테 받은 돈으로 맛있는 거나 사 줄까 봐."

홀로 하는 푸념에 가까웠다. 유진은 쓸쓸하게 미소 지었고, 나는 아무 말도 하지 않았다. 내가 무어라고 대꾸할 수 있는 마음이 아니었다. 자신의 말 때문에 분위기가 가라앉았다고 느꼈는지, 유진은 이후로 괜히 실없는 소리를 더 해 댔다. 트럭은 계속 달려 어느새 백영시에 들어섰다. 익숙한 간판들이 보였다. 도시는 여전히 내가 그곳에 살았던 그 시간 그대로였다. 시간은 새벽 4시. 잠을 잘 만큼 잔 탓에 피곤하지 않았지만 배에서 소리가 나는 건 어쩔 수 없었다. 소리는 눈치도 없이 크게 났다. 유진이 한 손을 뻗어 글러브 박스를 열었다. 안에 육포가 한 봉지 들어 있었다.

"그거 먹어. 싸구려긴 하지만 맛은 괜찮아."

유진의 권유대로 육포를 뜯어 하나를 입에 넣었다. 질기고 기름진 맛이 혀끝부터 입안 전체로 퍼져 나갔다. 금세 한 봉지를 비우자 유진이 그렇게 맛있냐며 소리 내서 웃었다.

"짐칸에 잔뜩 있어. 퇴직 기념으로 업체 사장한테 받은 거거든. 돌아갈 때 몇 개 챙겨 가."

"돌아갈 때……."

엄마를 백영중에 묻어 준 이후에는 집으로 돌아가야 한다. 이 여정은 끽해야 반나절짜리였다. 그 당연한 사실에 왜 충격을 받은 것처럼 멍한 기분이 드는 걸까? 순간 어디선가 왈 하고 짖는 소리가 들렸다. 내 발치에는 언제 따라왔는지, 하루가 현관에서처럼 앞발을 모으고 꼿꼿이 선 채로 나를 올려다보고 있었다. 왈, 왈. 그렇게 짖으면서. 나는 팔을 뻗어 하루의 머리를 쓰다듬었다. 유진이 내 쪽을 흘깃 보고는 말없이 운전을 계속했다.

집에 돌아가면 아빠가 있겠지. 아마 무척 화가 나 있을 것이다. 얼굴이 벌게질 아빠를 생각하니 통쾌하고 우스웠다. 동시에 끔찍하기도 했다.

　돌아가지 말까.

　돌아가지 않는다는 선택지가 있다는 걸 그 순간에야 깨달았다. 이제 집에는 새엄마도 없고, 하루도 없고, 아무도 없다. 돌아갈 이유가 없었다. 아빠는 지금쯤 무엇을 하고 있을까? 내가 없다는 것을 깨닫고 경찰에 신고를 했을까? 아니 신고는 말이 돌고 일처리도 굼뜨니 아마 전문 인력을 고용했을 것이다. 설마 그마저도 하지 않았을까.

　유진의 트럭은 어느새 그리운 거리를 지나고 있었다. 눈앞에 백영중의 오래된 담벼락이 보였다. 눈이 내 키보다 높이 쌓여 있어서 붉은 벽돌은 위쪽 두어 개밖에 보이지 않았다. 트럭이 학교 앞에 부드럽게 멈춰 섰다. 유진이 나를 돌아보며 말했다.

　"다 도착했어."

　"감사합니다. 앞에 내려 주면 이제 제가 알아서 할게요."

　애초에 유진과의 계약은 단순 운송이었으니 내가 하는 게 맞았다. 그는 마지막까지도 나와 새엄마의 사연을 묻지 않았다. 그 사실이 고마웠다. 안전벨트를 풀고 얼굴을 꼼꼼히 여민 후 트럭에서 내렸다. 눈발이 아까보다는 좀 잦아들어 견딜 만

했다. 유진이 운전석에서 내리며 물었다.

"이제 어떡할 거니? 묻을 거야?"

나는 고개를 끄덕였다. 눈앞에 펼쳐진 학교의 모습은 기억과 크게 다르지 않았다. 설원이 된 운동장을 제외하고 말이다. 다행히 그간 오가는 사람들이 있었는지 건물까지 향하는 가로수 길은 지나다닐 만했다. 나는 정문 구석에 스노볼이 든 상자를 내려놓고 짐칸 앞에 가 섰다. 유진이 다가와 화물칸을 열었다. 여전히 배에 손을 올리고 곱게 눈을 감고 있는 엄마가 보였다. 엄마는 트럭에 오르기 전보다 조금 더 파리했고, 더 딱딱했다. 꼭 신발장 옆에 서 있는 하루처럼. 나는 머리맡으로 가서 엄마를 내려다보며 말했다.

"소원대로 해 줄게요."

하루가 뽀르르 달려와 새엄마의 주위를 빙글빙글 돌았다. 유진이 하체를, 내가 상체를 들어 올렸다. 화물칸에서 내려 유진이 미리 내려 둔 이동식 수레에 새엄마를 실었다. 미리 준비해 온 삽과 도구를 꺼내 함께 실은 뒤 유진에게 말했다.

"이제 진짜 가셔도 돼요. 안녕히 가세요."

고글과 머플러로 얼굴을 돌돌 만 유진이 눈을 감으며 한숨을 내쉬었다.

"혼자 묻을 거야?"

"네. 그래야죠."

"갈 때는 어떻게 가려고. 여기는 택시나 버스 같은 거 없어. 그러니까 그냥 같이 빨리 끝내자."

유진은 수레 앞으로 다가와 삽을 어깨에 걸쳐 멨다.

"네가 수레 끌어. 내가 앞서갈 테니까."

"저 추가금 지불 못 해요."

"됐어. 내 조카 생각나서 그래."

유진은 앞으로 휘적휘적 나아갔다. 보폭에 거침이 없었다. 순식간에 저 앞까지 나아간 그가 뒤돌아 나를 향해 외쳤다.

"묻을 장소나 잘 봐 둬!"

나는 고개를 끄덕이고서 힘주어 수레를 끌었다. 하루는 수레 위 새엄마 옆에 벌러덩 누워 있었다. 하루도, 새엄마도, 나도 여기에 있다. 집으로 돌아가고 싶지 않았다. 쏟아붓던 눈이 삽질을 시작하기에 앞서 점차 그쳤다. 기온은 낮았지만 그만큼 맑은 하늘이 드러났다. 눈에 뒤덮인 학교를 응시했다. 별것 없었던 학창 시절에 대한 기억과 함께 떠오르는 얼굴이 있었다.

"위치는 정했니?"

어느새 학교 건물 앞에 도착한 유진이 뒤돌아 물었다. 그 목소리에 기억 속 아이의 목소리가 겹쳐 들렸다.

"이이월! 나랑 사진 찍자."

이상하게 그 목소리가 오랫동안 머릿속을 맴돌았다. 그 애가 졸업식 날 찍어 간 내 사진은 아직도 전달받지 못했다. 공간은 그 자체로 힘을 가진다. 이렇게 눈에 뒤덮인 채 삭아 가는 공간일지라도. 잊고 있던 장면들이 불쑥불쑥 머릿속을 들쑤셨다. 나는 저 앞에서 삽을 인 채 손을 흔드는 유진을 향해 외쳤다.

"중앙 건물 뒤쪽에 후정이 있어요. 그쪽으로 가요."

후정은 새엄마가 공들여 관리하던 곳이었다. 중앙 정원보다 사람도 없었고 이사장실의 간이 문과 연결되어 오고 가기 좋았다. 여기가 마음에 들려나. 마음에 안 들어도 어쩔 수 없어요. 나 나름 고민 많이 했다고요.

새엄마가 들어 있는 수레를 끌고 오르막길을 올라 중앙 건물까지 가는 건 퍽 힘든 일이었다. 결국 먼저 도착한 유진이 돌아와 수레 끄는 것을 도왔다. 우리가 지나온 궤적을 따라 바큇자국과 발자국이 생겼다. 아직 동이 트기 전이었는데도 학교는 눈에 반사된 달빛 덕분에 그다지 어둡지 않았다.

가까스로 언덕 위 중앙 건물에 도착한 우리는 그대로 널브러졌다. 이 짓을 혼자 하려 했다니. 유진과 나는 눈이 비교적 덜 쌓인 처마 아래 주저앉아 장화에 들어간 눈가루들을 털어 냈다. 다행히 아직 부어오르거나 발진이 일어난 곳은 없었다. 유진이 고개를 젖힌 채 숨을 몰아쉬며 물었다.

"몇 살이야?"

"스물두 살이요."

"우리 조카랑 동갑이네. 모교에 돌아온 기분이 어때?"

"그냥 그래요. 이상해요."

"하긴. 좋을 게 뭐 있겠니. 내 조카도 그렇게 말했을 것 같아."

작게 답한 유진이 별안간 오른손을 들어 고글의 오른쪽을 가렸다. 그리고 왼쪽 손으로 같은 행동을 반복했다. 그가 보이는 쪽의 눈을 한껏 찌푸리며 중얼거렸다.

"내가 왜 네 의뢰를 받아들였는지 아니?"

돈 말고는 마땅한 이유가 떠오르지 않아서 고개를 저었다.

"있잖아, 오늘 이 운전이 내 마지막 운전이야. 녹내장인지 뭔지 때문에 앞으로 운전을 하면 위험하대. 아, 아직은 괜찮아. 방금도 잘 왔잖아? 그 소식을 조카랑 같이 들었는데 조카가 울지를 않는 거야. 그냥 입술을 꽉 깨물고서 고개를 끄덕이기만 해. 걔가 원래 자기 듣고 싶은 말만 골라 듣고 나머지는 흘려버리거든. 아마 그때 의사가 했던 말 거의 기억 못 할 거야. 어쨌든 알았다고 하고 집에 돌아왔지. 그러고는 고작 한다는 말이 소각장에서 일하겠다는 말이었어. 화나게."

나는 묵묵히 유진의 말을 들었다.

"네 전화를 받았을 때도 그랬다. 아직 목소리도 앳된 애가 가진 거 다 주겠다고, 와 달라고 비는데 울지는 않아. 그게 이상했어. 우리 조카 같은 애가 또 있구나 하고 궁금해서 가 봤지. 그랬더니 이번에는 죽은 사람을 옮겨 달래. 고작 유언을 들어주겠다고. 참, 이미 죽은 사람 말이 뭐가 중요하니? 응? 너도 진짜 미련하고 착하다."

그러고는 고개를 돌려 나를 마주 보았다. 유진은 삽을 챙겨 일어서며 덧붙였다.

"나는 너도 내 조카도 그냥…… 좀 생각 없이 살았으면 좋겠어. 생각 많이 해 봤자 뭐 해? 이렇게 이상하게 굴러가는 세상에. 우울하기나 하지. 안 그래?"

나는 얼결에 고개를 끄덕였다. 유진이 피식 웃었다. 나도 유진을 따라 삽을 집어 들었다. 곧 동이 트려는지 사위가 점점 밝아지고 있었다. 중앙 건물을 관통해 후정으로 향하는 길. 나는 유진에게 물었다.

"조카분 이름이 뭐예요?"

"왜, 아는 애일까 봐?"

꼭 알아내야겠다는 생각으로 물은 것은 아니었다. 나는 삽을 들고 유진의 맞은편에 섰다. 그리고 있는 힘껏 눈 더미를 파기 시작했다. 장화 안에 다시 눈송이가 들어찼고, 두꺼운 장갑을 낀 손과 얼굴에 땀이 흘렀다. 유진과 말없이 눈을 파내며, 나는 녹지 않는 눈이 처음 내렸던 날을 떠올렸다. 날짜는 희미하지만 6월쯤이었던 걸로 기억한다. 유진은 하얀 눈밭에 삽 머리를 박아 넣으며 대꾸했다.

"모루야. 백모루. 내 조카."

그와 동시에 기억 속 얼굴이 초점이 맞춰진 것처럼 선명해졌다. 모루. 백모루. 맞아, 분명 그런 이름이었다. 불안에 잠긴 눈동자가 나를 직시했던 순간을 나는 다시 곱씹었다.

*

그날 나를 따라 학교에 온 하루는 이상하게 들떠 보였다. 하루 종일 학교 복도를 이 끝에서 저 끝까지 뛰어다니며 짖어 댔다. 어쩌면 그날 눈이 내리리라는 걸 하루는 알고 있었을지도 모른다. 하굣길이었다. 내가 가방을 들쳐 메는 사이 하루가 복도를 가로질러 달려 나갔다. 나는 하루를 쫓아 달렸다. 이렇게 하루가 멀어질 때면 어김없이 연구소의 일이 떠올라 함께 달릴 수밖에 없었다. 하루는 잡힐 듯 잡히지 않았다. 그러다 별관 화장실까지 닿게 되었다. 안쪽에서 어떤 기척이 일었다. 나는 별생각 없이 문을 열었고, 옹기종기 모여 담배를 피우는 무리를 마주했다. 그중에는 옆 반 부반장도 있었다.

"뭐야, 문 분명히 잠갔는데? 너 어떻게 열었어?"

하루는 세면대 아래 떨어진 과자 봉지를 킁킁대고 있었다. 하루를 안아 들고 화장실을 다시 나서려던 찰나였다. 부반장이 다가와 내 손목을 붙잡았다.

"선생님한테 이를 거 아니지?"

"어. 관심 없으니까 좀 놔."

"방금 뭐 한 거냐? 너 헛것도 봐?"

부반장이 어깨동무를 한 채로 들고 있던 담배를 강제로 내 입에 가져다 댔다. 곧바로 쳐 냈지만 목구멍으로 들어간 연기에 연달아 기침이 쏟아져 나왔다. 목구멍은 아프고, 코는 맵고, 귓가에는 하루가 짖는 소리와 저들의 목소리가 뒤섞여 울렸다. 머리는 왜 그 모양이야? 너 혼잣말 존나 거슬려. 기침을 참으며 고개를 들었다. 그때 하루가 내 품에서 벗어나 화장실 안쪽 구석으로 향했다. 화물칸에서 내 품을 뛰쳐나가 달렸던 하루가, 겁에 질렸던 하루가 스쳐 지나갔다. 나는 하루에게 가기 위해 발을 내디뎠다.

"야, 왜 들어와?"

부반장과 서너 명의 아이들이 막아 섰다. 하루가 안에서 나를 향해 짖었다. 이번에는 놓치지 말라고 말하는 것 같았다. 부반장이 먼저 내 어깨를 밀쳤고, 머리가 뜨거워졌다. 그 뒤로는 잘 기억나지 않는다. 먼저 맞은 건 나였고, 맞은 만큼 때렸다. 정신을 차렸을 때 나는 나보다 키가 큰 애 위에 올라타서 생채기가 난 주먹을 말아 쥐고 있었다. 그리고 입술이 찢어져 피가 철철 흐르는 얼굴을 마주했다. 내 코에서도 코피가 줄줄 흐르고 있었다. 심장이 내려앉았다. 내가 내가 아닌 것 같았다. 나는 고개를 들어 주위를 둘러보았다. 하루가 없었다. 일어나서 화장실을 싹싹 뒤졌다. 하루는 어디에도 없었다. 그사이에 학생부 교사와 담임이 왔고, 나는 멍하니 창밖을 바라봤다. 하얀 먼지 같은 게 하나둘 휘날리고 있었다.

학생부실로 향하는 길에 나는 멈춰 서서 고개를 들었다. 하늘은 맑았는데 불쑥, 밑도 끝도 없이, 이제 시작이라는 생각이 들었다. 무엇이, 어떻게, 왜? 아무것도 몰랐지만 그랬다. 그러다 그 애와 눈이 마주쳤다. 백모루. 대화 한번 제대로 나눠 본 적 없지만, 특유의 찢어진 눈매와 무기력한 분위기 때문에 기억하고 있는 애였다. 짧은 마주침이 끝나고 그 애는 가던 길을 갔다. 나는 손끝에 묻은 피를 교복에 대충 문질러 닦았다. 터진 입술이 따끔거렸다.

옆 반 담임이 한발 늦게 부반장을 부축해 나왔다. 그 애는 코를 틀어막은 채 나를 노려보고 있었다. 나는 앞을 바라보았다. 하루가 빙글빙글 뛰어놀고 있었다. 하루를 따라 하늘을 보았다. 하얗게 휘날리는 것이 곧 함박눈처럼 쏟아지기 시작했다. 허공으로 팔을 뻗자 눈송이가 닿은 부위가 알싸한 통증과 함께 부어올랐다.

운동장 쪽에서 비명이 들린 것과 동시였다. 한 걸음 뒤에 걷던 부반장이 갑자기 목을 부여잡으며 쓰러졌다. 바닥을 구르는 그 애 위로 눈송이가 쌓였다. 나는 하루를 들어 껴안고 건물 안으로 피했다. 학생부실이 있는 2학년 전용 건물이었다. 이미 내부는 패닉에 빠진 아이들로 난리였고, 나는 품에 하루를 안고서 벽에 몸을 붙인 채로 인파가 흩어지기를 기다렸다. 그리고 그 애를 보았다. 다리를 접질렸는지 제대로 서지도 못한 채 방황하고 있었다. 사람들은 계속해서 밀려들었다. 혼자서는 힘들어 보였다. 가야 할 곳도 모르고 일어나길 포기한 듯한 그 애가 이상하게 자꾸 하루와 겹쳐 보였다. 결국 나는 벽에서 등을 떼고 나아갔다.

"멍하니 있지 말고 일어나!"

손에 잡히는 대로 쥐고 달렸는데 나중에 보니 멱살이었다. 코앞이 이사장실이었다. 그곳에서 우리는 눈이 그치기를 기다렸다. 나는 백모루를 등진 채 새엄마의 의자에 앉아서 창밖을 보며 그 애의 이름을 되뇌었다.

해가 진 후에 아빠가 나를 직접 데리러 왔다. 퇴근하고 바로 온 것인지 정장 차림이었다. 그는 아무 말도 하지 않았다. 누구를 어째서, 왜 팬 건지, 내 얼굴의 상처나 하다 못해 때린 애의 상처에 대해서도 묻지 않았다. 말없이 다가온 그는 정장 주머니에서 꺼낸 손수건으로 내 이마를 꾹 눌렀다. 그가 아무것도 묻지 않아서 나 역시 아무 말 하지 않았다. 사실 다 핑계일 수도 있겠지. 우리 사이에서는 침묵이 더 자연스러웠으니까.

아빠가 입을 연 건 집으로 향하는 차 안에서였다.

"이사를 갈 거다. 집은 다 구해 뒀어. 훨씬 좋은 집이다. 백영시에서 떠나 수도로 가기로 했어. 여기하고는 비교도 되지 않게 쾌적한 곳이지. 교육 환경이나 동네 분위기도 더 좋고."

마치 새 강아지를 사 주겠다던 그때처럼.

"진학할 고등학교도 다 물색해 뒀다. 기숙형 사립고야. 너도 분명 마음을 다잡을 수 있을 거다. 원래는 까다로운 입학 절차를 거쳐도 겨우 될까 말까인데 내가 거기 이사장이랑 미리 다 이야기해 뒀어."

신호가 빨간색으로 바뀌었다. 멈춘 차 밖으로 줄지어 달리는 구급차와 쓰레기 수거 차량이 보였다. 아빠는 정면만 응시하며 말했다.

"넌 언제까지 그 모양일래."

아빠가 잘못 알고 있는 사실이 하나 있다. 그의 기억 속 어린 나는 더 이상 내가 아니고 지금의 내가 진짜 나라는 사실. 아빠는 아무것도 인정하지 않고 있었다. 아빠 말대로 세상이 이렇게 변하는데 그 사건을 기점으로 이미 변해 버린 나를 아빠만 몰랐다. 헛웃음이 비어져 나왔다. 새엄마라면 이런 말을 하지 않았을 것이다. 이 소리를 들었다면 분명 아빠에게 한 소리를 던졌겠지.

라디오는 오늘 내린 눈에 대해 이야기했다. 또다시 개 짖

는 소리가 들려왔다. 잠깐 눈을 감았다 떴더니 아빠와 내가
탄 차는 구덩이로 질주하고 있었고, 내 무릎 위에는 썩어 가
는 하루가 몸을 말고 누워 있었다. 나는 귀로 손을 가져가 뚫
은 지 얼마 되지 않은 구멍을 찍어 눌렀다. 아프지 않았다. 차
는 그대로 구덩이로 뛰어들었고, 몸이 붕 떴다. 나는 하교 시
간에 보았던 눈처럼 추락했다. 그리고 아래로 빨려 들어가는
그 감각과 함께 눈떴다. 어느덧 집 앞에 도착해 있었다. 아빠
가 안전벨트를 풀며 내리라고 말했다. 다시 무릎을 바라봤다.
딱딱한 하루는 여전히 내 무릎 위에 몸을 만 채 잠들어 있었
다. 귓가에서 개 짖는 소리가 났다.

　그해, 나는 중학교를 졸업하고 백영시를 떠났다. 졸업식에
는 아무도 오지 않았다. 졸업식에서 내 이름을 부른 건 담임
과 아빠의 동창이라는 교감, 그리고 백모루뿐이었다. 과하게
신이 난 백모루는 갑자기 다가와 고물 같은 카메라로 내 사진
을 찍어 갔다. 물론 사진은 받지 못했다. 작년에 만들어진 단
체 대화방은 나온 지 오래였다. 그때 나오지 말걸.

　친하지도 않은 애가 내 얼굴 사진을 갖고 있을 거라 생각
하면 기분이 이상해진다. 한참의 시간이 흐른 뒤에야 그 애가
찍어 간 사진을 보고 싶다고 생각했다. 아직 사시사철 눈이
내리지 않는 세상에서 내가 어떤 표정을 짓고 어떤 모습으로
찍혀 있을지 궁금했다. 많이 다른지, 그대로인지, 우울해 보이

는지, 별다를 것 없는지. 그 시절이 너무 멀어져서 도저히 떠오르지 않았다.

새로 이사 간 집은 따뜻하고 아늑했다. 꼭 섬세하게 잘 다듬어진 인형의 집 같았다. 더 큰 연구소로 이직한 아빠는 좋은 차를 타고 출퇴근했다. 내 일상은 무료했다. 나는 검정고시를 준비하는 척 아무것도 하지 않았다. 새엄마는 사양길로 들어선 공장들과 폐교 위기의 백영중학교를 살리기 위해 정신이 없었고, 아빠는 나에게 아무것도 바라지 않았다. 내 곁에 있는 건 하루뿐이었다.

가끔 자기 전에 이불을 덮고서 그 애의 얼굴을 떠올려 보려 노력했다. 좀 특이한 눈매를 가졌다는 사실이 떠오른다. 분명 뾰족한데 어딘가 순해 보이는 눈꼬리. 침대 협탁 위에는 무드 등이 은은히 빛나고, 내 귀에 박힌 피어싱들도 빛나고, 뿌리가 검게 드러나기 시작한 머리도 은은하게 빛난다. 그리고 내 눈앞에는 검게 굳은 눈으로 나를 바라보는 하루가 있었다.

*

구덩이를 충분히 판 후 새엄마를 눕혔다. 엄마가 원했던 그대로 배 위에 손을 겹쳐 올리고 곧게 누운 자세로. 유진이 머플러를 벗어 땀을 닦으며 물었다.

"이제 덮을까?"

"잠시만요."

아직 중요한 게 남아 있었다. 나는 누운 엄마의 주위로, 엄마가 아끼던 스노볼들을 하나씩 내려놓았다. 유진은 그런 내 모습을 기이한 의식을 보듯이 지켜보았다. 엄마를 둘러싸며 둥글게 원을 그렸는데도 남은 하나는 내가 챙기기로 했다. 마지막은 휴대폰이었다. 유진을 부를 때 썼던 엄마의 휴대폰을 겹쳐 올린 손 위에 두고서 마지막 인사를 건넸다.

"잘 자요. 안녕."

그리고 눈을 덮었다. 눈을 덮는 데는 파는 것보다 시간이 오래 걸리지 않았다.

모루

시간은 어느덧 자정을 넘기고 있었다. 또 눈이 쏟아지는지 눈송이가 창문을 할퀴는 소리가 났다. 건물이 무너져 눈 더미에 파묻히는 상상을 했다. 가짜가 아닌 진짜 눈을 굴려 내 몸만 한 눈사람을 만드는 상상도 했다. 이대로 순식간에 늙어 미라가 되어 버리는 것도 좋을 것 같았다. 하지만 그럴 리 없다는 사실을, 그럴 수 없다는 사실을 안다. 내가 할 수 있는 일을 해야 했다.

팔을 뻗어 독서등을 켰다. 그리고 선반에 놓아둔 이모의 수첩과 볼펜을 집어 들었다. 이모가 거래처 연락처와 스케줄을 관리하던 붉은 가죽 수첩에는 가무잡잡한 손때가 가득했다. 빈 장을 찾아 펼치고 머릿속에 떠오르는 생각들을 적어내려가기 시작했다.

첫 번째 가정. 살아 있다. ─ 어디로 갔는가? 왜?

1. 사고

2. 납치

3. 가출

첫 번째를 제외하고는 전부 '왜'가 부족하다. 짐작조차 가지 않는다. 나는 한 줄 아래에 다시 적었다.

두 번째 가정.

다섯 글자 다음은 더 이상 쓰지 못했다. 차마 적을 수 없었다. 적으면 안 될 것 같았다. 이모가 없는 삶은 한 번도 생각해 본 적이 없다. 이모는 그냥 부둣가의 등대나 내 방의 책장처럼 언제나 그 자리에 존재하고 있어야 했다. 나는 이번에도 최악을 상상했고 최악 이후의 삶을 가정했다. 머릿속에서 여러 가정들이 꼬리에 꼬리를 물고 뻗어 나갔다.

만약 이모가 돌아오지 않는다면, 그를 찾지 못한다면 나는 어떻게 될까? 어떻게 되긴. 이 망망대해의 세상에 혼자가 되겠지. 아무도 없는 설원을 홀로 활보하게 되겠지. 길을 벗어나 깨끗한 눈밭에 내 궤적을 남기는 상상을 했다. 옆도 뒤도 보지 않고 계속 앞으로, 앞으로만 나아가는 상상을. 아무도 나에게 신경 쓰지 않고 내가 신경 쓸 것도 없는 그런 단출한 여행길을. 내가 바닥을 뒹굴거나 소리를 지르거나 욕설을 지껄여도 뭐라 하는 이는 없을 것이다. 그것 역시 무섭지만, 또 외롭지만…… 어딘가 탁 트이는 기분이 드는 건 또 왜일까.

문득 오한이 일었다. 뿌연 연기가 낀 것 같은 머리를 두어 번 흔들었다. 볼펜을 쥔 채로 어깨와 목덜미를 문지르자 차디찬 몸 위로 미약한 온기가 전해졌다. 나는 다시 눈을 감았다. 또다시 상상 속의 설원이 보였고, 이번에는 등 뒤로 이모의 트럭이 불타고 있었다. 명치 어딘가에서부터 저릿한 통증이 퍼져 나갔다. 눈을 뜨고서 다시 수첩을 바라보았다. 눈시울이 뜨거워지면서 시야가 흐리게 보였다. 내가 적은 글자를 하나도 알아볼 수 없었다. 나는 엄지손가락으로 눈두덩을 꾹꾹 눌렀다. 열기는 쉽게 가시지 않았다. 이러지도 저러지도 못하다가 결국 두 번째 가정을 지우는 결론에 이르렀다. 빨간색 볼펜으로 가로선을 마구 그어 글자를 덮었다. 두 번째 가정 따위는 없다. 그런 일은 가정조차 해서는 안 된다. 나는 첫 번째 가정의 리스트에 집중하기로 했다. 별것도 하지 않았는데 손바닥에 땀이 찼다. 고물상 유 씨가 했던 말을 떠올렸다. 강도가 기승을 부린다고. 어느 지역에서 왔는지 질이 안 좋다고.

강도, 지금으로서는 가장 그럴듯한 추측이었다. 실제로 도로에서 발견된 이모의 트럭 화물칸은 텅 비어 있었고 이름뿐인 지역 경찰들 역시 강도들의 짓일 거라고 말했다. 그들이 수사를 제대로 할 리가 없으니 내가 직접 찾아내야 한다. 이전처럼 곳곳에 CCTV와 블랙박스가 당연한 세상이 아니었기에 내가 찾은 단서와 증언에 의지할 수밖에 없다.

육포 공장 김 노인이 한 말이 떠올랐다. 이모의 마지막 거래 상대가 따로 있다는 이야기. 이제 이모에 대해서는 알 만큼 다 안다고 생각했는데 내가 모르는 거래처가 남아 있었다는 게 믿기지 않았다. 내가 집을 떠난 후에 새로 뚫은 곳이라하더라도 오만 것들을 다 적어 놓는 이모의 수첩에 연락처가남아 있지 않은 것은 이상했다.

수첩의 간이 포켓에 껴 있던 종이를 다시 펼쳤다. 하는 짓이 강도와 딱히 다를 것 없는 지역 경찰에게 뇌물도 먹이고지랄도 해서 얻어 낸 것이었다. 이모의 마지막 통화 목록. 김노인과의 통화 이후에 무려 세 번이나 통화한 낯선 번호가있었다. 이 번호의 주인이 곧 이모의 마지막 거래 상대일 터였다. 그리고 동시에 스노볼의 주인이자 목격자일 가능성이 컸다. 어쩌면 또 다른 피해자이자 혹은 가해자일 수도. 전화를수십 번이나 걸었지만 아무도 받지 않았다. 나중에는 그마저도 꺼져 있다는 기계음밖에 들려오지 않았다.

나는 다시 빨간색 볼펜을 들었다. 그리고 '단서: 스노볼' 옆에 '단서: 전화번호'를 적어 넣었다. 두 단서 위에 동그라미를 치고 별을 잔뜩 그렸다. 머릿속을 부유하는 상념들을 어떻게든 붙잡아 두어야 했다. 한참 생각에 잠겨 있는데 방문이 여닫히는 소리가 났다. 고개를 돌려 보니 주영이 웬 보따리를 이고 들어오고 있었다.

"그게 뭐야?"

"뭐긴 뭐야. 이번 주 플리마켓에 팔 거. 오늘 그냥 날 잡고 몰아서 다 만들었어. 중간에 발소리가 나서 들키는 줄 알고 조마조마했던 거 있지."

"고생했네. 씻고 자."

"뭐야, 그게 다야? 힘들게 가내수공업을 하고 온 친구에게?"

주영이 입술을 내밀며 툴툴거렸다. 나는 그런 주영의 표정을 따라 하며 대꾸했다.

"웃겨. 누가 보면 남이 시켜서 하는 줄 알겠다."

"있지. 악덕 사장 백모루."

"너야말로 나 부려 먹을 거면 시급이나 챙겨 주고 말해."

맞받아치자 주영이 눈을 접으며 실실 웃었다. 서늘하기만 했던 방 안에 훈기가 돌았다. 나는 수첩을 덮었다. 주영이 말했다.

"내 생각에는 매니저들이 다 알고도 봐주는 것 같아. 기관

내 불법 노점 행위를 이렇게 매주 대놓고 하는데 아직 안 들켰다니."

"모를 수가 없긴 해. 벌써 새벽이다. 피곤할 텐데 쉬어."

"그래야지. 넌 뭐 하고 있었어?"

끙끙대며 제 몸만 한 보따리를 캐비닛에 욱여넣은 주영이 내 쪽으로 다가오며 물었다. 그러고서는 자연스럽게 옆을 차지하고 앉아 조그만 틴 케이스를 내밀었다.

"그만 긁고 이거나 발라. 새로 만든 보습제야."

나도 모르게 살이 튼 손등을 긁고 있었다. 종종 주영의 다정함이 부럽다. 주영은 무심해야 할 때 무심하고, 다정해야 할 때 다정한 이였다. 그건 보기보다 무척 어려운 일이다. 나는 때를 따지는 나침반이 고장 난 인간이었다. 그런 인간은 늘 후회가 많고, 자기가 저지른 일과 내뱉은 말에 혼자 상처 입는다. 나는 주영이 건넨 크림을 받아 들었다. 새끼손톱만 한 플라스틱 뚜껑을 열고 손등 위에 크림을 덜어 내자 인공적인 과일 향이 퍼졌다. 파충류 피부처럼 갈라지기 시작한 피부에 유분이 스며들자 가려움이 조금씩 가라앉았다.

"고마워."

주영은 무어라고 말하려는 듯이 입을 달싹이다 끝내 다물었다. 그가 2층 침대의 삐걱이는 사다리를 타고 오르기 시작했다. 주영을 처음 만났을 때가 떠올라 웃음이 나왔다. 앓는

소리를 내며 매트리스에 널브러진 주영이 불쑥 나를 내려다
보았다.

"방금 웃었지."

나는 정색하고 답했다.

"아니."

주영이 불을 꺼 달라며 징징댔다. 결국 수첩을 내려놓고 일
어나 불을 껐다. 어둠 속에서 주영이 물었다.

"내일 플리마켓 올 거야?"

내일은 집에 다녀올 계획이었다. 이미 몇 번이나 뒤집어엎
은 집이지만 혹시라도 놓친 것이 있나 싶었기 때문이다. 좀 웃
기다는 생각이 들었다. 이모가 있을 때는 한번 들르기 힘들었
던 집을 엄마도 이모도 없이 나만 남고 나서야 주말마다 꼬박
꼬박 간다는 게. 문을 열고 들어가면 나를 반기는 건 적막뿐
이었다. 묵은 냉기에 둘러싸인 채 먼지 냄새를 맡다 보면 꼭
모든 게 꿈 같았다. 이모는 그냥 아주 먼 출장을 간 것이고,
언제든 문을 열고 들어올 것 같았다. 처음에는 아무것도 하
지 못하고 소파에 웅크려 현관문만 노려봤다. 바람 때문에 생
겨나는 미세한 소음에도 몸이 반응했다. 방 구석구석을 뒤지
는 와중에도 마찬가지였다. 아주 작은 기척에도 나는 온 신경
을 곤두세웠다. 하루 종일 그러기를 반복하다 보면 불현듯 와
닿는 순간이 있다. 더 이상 저 문이 열리지 않을 것이라는 사

실이. 그럼 걷잡을 수 없는 공허가 밀려들었고, 밑도 끝도 없이 배가 고파졌다. 나는 꼭 주술에서 풀려난 것처럼 자리에서 일어나 마른 음식으로 식사를 했다.

식사는 꼭 제대로 식기를 갖춰 놓고 식탁에서 했다. 창밖으로는 자주, 눈이 내렸다. 떨어지는 눈송이들을 보며 질긴 식물 줄기와 짠 육포를 꼭꼭 씹었다. 나는 내 몸에서 나는 소리와 내가 만들어 내는 소리에 집중할 수 있었다. 내가 음식을 씹을 때 오른쪽보다 왼쪽 어금니를 많이 사용한다는 사실을 깨달았다. 오른쪽에 비해 왼쪽 송곳니가 뭉툭하게 갈려 있다는 사실도 깨달았다. 아이러니했다. 홀로 남기 전에는 한 번도 제대로 생각해 본 적 없는 사실들을 알아내자 이모에 대해서도 마찬가지라는 생각이 들었다. 그동안 나라는 인간이 제대로 알고 있던 게 있기는 했을까. 하지만 후회는 없다. 후회라면 이미 지긋지긋하게 했다. 나는 내가 놓쳐 온 것에 대해서 미련을 버리기로 했다. 그래야 앞으로 나아갈 수 있으니까.

내일은 집에 갈 것이다. 아무도 없는 집에서 홀로 식사를 하며 내가 몰랐던 이모의 궤적을 좇을 것이다. 내가 미안하다고 답하자 주영은 구시렁거리면서 이불을 뒤집어썼다. 그리고는 금방 코를 골며 잠이 들었다.

*

"방금 웃었지."

주영은 처음 만났을 때도 그렇게 말했다. 버스에서 내리자마자 곧바로 진행된 오리엔테이션 와중이었다. 새로 리모델링한 건물에서는 머리가 어지러울 정도로 쨍한 냄새가 났다. 유명한 도시 환경 전문가라는 센터장이 한 시간이 넘도록 일장연설을 내뱉고 있었다. 나는 지루하기 짝이 없는 인사말과 소개문, 그리고 하등 쓸모없어 보이는 센터장의 연혁 따위를 들으며 생각했다. 당신들의 말을 믿지 않는다고. 우리는 결국 세상을 유지하는 부품으로 쓰이기 위해 여기에 모인 것이니, 저런 입바른 소리는 안 하느니만 못했다. 능구렁이 같은 어른들이 그걸 모를 리가 없었다. 그때 내가 어떤 표정을 짓고 있었는지는 모른다. 하지만 분명 썩 좋은 얼굴은 아니었을 것이다. 그런 나에게 한 뼘 정도 떨어져서 옆에 서 있던 처음 보는 아이가 말을 걸었다. 방금 웃었지 하고. 나는 그때도 정색하고 답했다.

"아니."

사실은 웃었는지도 모른다. 주영은 다 안다는 듯이 싱글거리며 "아님 말고." 답한 뒤 금세 타깃을 돌려 다른 애들에게 시답잖은 말을 걸어 댔다. 그들 역시 나와 비슷한 반응이었다. 주영은 오리엔테이션 내내 심심하다는 얼굴로 기지개를 켜거나 손가락을 움직이거나 발끝으로 바닥을 툭툭 치며 작은 소란을 멈추지 않았다. 다시 생각해 봐도 좋은 첫인상은 아니었다.

오리엔테이션은 함께 생활하게 될 관리자 직급의 자기소개를 끝으로 마무리되었다. 우리는 각자 배정된 기숙사로 향했다. 내 방은 503호로 디귿 자 형태 건물의 왼쪽 5층이었다. 창이 서쪽으로 나 있어 아침이면 해가 잘 들 것 같다는 게 마음에 들었다. 문을 열자마자 보인 건 파이프를 용접해서 만든 2층 침대였다. 도색을 제대로 하지 않았는지 곳곳에 색이 빈게 눈에 띄었다. 2층 침대의 아래층에는 두 벌의 옷이 놓여 있었다. 두 벌 다 상의와 하의가 연결된 청회색의 작업복이었다. 나는 빳빳한 비닐 재질의 작업복으로 손을 뻗었다. 그 순간 등 뒤에서 인기척이 일었다.

작은 체구에 연한 주근깨가 눈에 띄었다. 주영은 자기 몸집만 한 이민 가방을 끌고 있었는데 그 때문에 꽤 넉넉해 보이던 기숙사 방이 꽉 차 보였다. 나이는 나보다 어리거나 많이 봐 줘도 또래 같았다.

"문 앞에 적힌 이름표 봤지? 난 주영이야. 네 룸메이트. 우리 아까 강당에서 봤잖아. 너 말 잘 끊더라."

내 앞을 스쳐 간 주영이 2층 침대의 사다리를 오르며 발랄하게 말했다. 나는 간신히 답했다.

"난 모루. 백모루."

"이름 귀엽다."

주영이 2층 침대 위쪽에 올라 벽에 등을 대고 앉더니 말했다.

"2층 내가 쓴다. 괜찮지?"

그러고는 상체를 2층 난간 밖으로 빼서 나를 내려다보았다. 사실 처음에는 좀 귀찮은 성격이라고 생각했다. 일하러 왔는데 수학여행 온 어린애처럼 방방 떠 있는 게 철없어 보이고 마음에 들지 않았다. 내게서 답이 없자 주영은 요란하게 난간을 두드렸다. 나는 귀찮아서 고개를 끄덕였다.

"나중에 딴말하지 마. 난 2층 침대의 2층에서 자 보는 게 오랜 로망이었다고. 안 바꿔 줄 거야."

1층이든 2층이든 별 상관 없었다. 전혀 모르는 다른 누군가와 한방을 쓰는 게 어색할 뿐이었다. 우리는 조용히 각자의 짐을 풀었다. 주영이 나와 동갑이라는 사실은 일주일 후에 매니저가 알려 줘서 알았다.

첫인상과 달리 우리는 금방 친해졌다. 매일같이 눈을 퍼 나르고 태우는 고된 단순노동을 반복하다 보면 그 기계적인 일상을 함께 나누는 이들이 자연스레 애틋해지기 마련이었다. 그중에서도 하루의 시작과 끝을 함께하는 룸메이트라니. 그 끝은 두 가지가 되겠지. 절친한 사이가 되거나, 철천지원수가 되거나. 다행스럽게도 우리는 전자였다.

주영은 퇴근 후에 곧장 기숙사로 들어가지 않고 매니저와 시니어들 몰래 센터를 누볐다. 본래 다른 용도로 쓰였던 건물에는 곳곳에 과거의 흔적을 간직한 공간들이 숨어 있었다. 주영은 이곳이 아직 화장품 공장이던 시절에 각종 화학약품과 원재료를 보관하던 창고를 찾아냈고, 몇몇 재료와 향료를 섞어 사과 향이 나는 보습제를 제조해 아이들에게 팔기도 했다. 처음에는 같은 팀 인원들과 거래하던 것이 소문이 점점 퍼져 나가 구매를 원하는 이들이 많아졌다. 그야말로 불티나듯 팔렸다. 문제는 너무 잘 팔려서 센터장이 이를 눈치챘다는 것이다. 모든 직원들이 다들 비슷한 보습제 향을 풍기며 다니니 모르려야 모를 수가 없긴 했다.

결국 주영은 사내 잡상 행위로 한 번의 시말서를 썼지만 다행히 별다른 제재가 가해지진 않았다. 직원들이 해야 할 몫만 성실히 해 준다면 감독관과 센터장은 우리가 뭘 하든 별로 신경 쓰지 않았다. 가끔 잘 벼려진 칼 같은 눈길로 우리를 응시할 뿐이었다.

시말서를 쓴 후에도 주영은 보습제를 파는 걸 멈추지 않았다. 오히려 처음부터 각오하고 있었다면서 이왕 걸린 김에 더 많이 팔아야 한다는 궤변을 늘어놓았다. 그래서 생겨난 게 금요일 밤의 플리마켓이었다.

센터는 지형상 폐쇄적이었다. 백영시의 중심으로 가려면 차를 타고 한참을 달려야 했고, 주위에는 설원과 소각장 말고는 아무것도 없었다. 대중교통은 끊긴 지 오래였다. 주말에만 운영하는 리무진이 있었지만 그마저도 지원자가 많으면 잘리기 일쑤였다.

주영은 그 점을 노렸다. 센터에도 이런저런 주말 프로그램이 있었으나 강당에 다과를 가져다 놓고 센터장 취향의 후진 음악을 틀어 놓는 게 다였다. 주영은 기숙사 옆 창고에 판을 벌였다. 강당의 지루한 행사에 참여하는 척하면서 다과를 훔쳐 오는 건 얼떨결에 내 몫이 되었다.

플리마켓은 성공적이었다. 일이 끝나는 금요일 밤이면 아이들은 저마다 작업장의 눈 더미에서 건져 올린 물건들 중 쓸 만한 것들을 내놓고 물물교환을 했다. 그 플리마켓은 여느 학교 축제처럼 여러 소문과 정보의 장이기도 했다. 센터장이 실은 대머리라더라, 농담 같은 소문에서부터 눈 더미에서 잘린 손목이 나왔다는 둥의 괴담까지. 심야조의 누가 오전조의 누구랑 사귄다더라, 폐쇄된 공간일수록 열기는 띠는 연애사나 바깥세상에서 일어나는 사건 사고에 대해서, 매니저와 시니어의 기 싸움, 센터 이후에 가능한 미래에 대해서.

제일 화제가 되는 건 역시 같은 센터 입소자에 관한 가십이었다. 오늘 같은 경우는 새로 들어온 신입이 그 주인공이었다.

"좀 맛이 간 애래. 학교 다닐 때 누구 패서 전학 간 적도 있다던데?"

"사실 나도 얼마 전에 이상한 거 봤어. 하필 같은 라인 배정받아서 같이 일하는데 갑자기 벌떡 일어나더니 허공을 빤히 보잖아. 아무것도 없었는데 뭐가 보이는 것처럼."

들으려 하지 않아도 몇몇 대화들이 선명하게 귀에 다가와 박혔다. 신입에 관해서는 여러 소문이 돌았다. 사고를 너무 많이 쳐서 집에서 내쳐진 것이라느니, 정신병이 있는데 병원은 기록이 남으니 이곳에 보내 버린 것이라느니, 살인을 하고 도망쳐 온 것이라느니 하는 뻔한 이야기들이었다. 저 수많은 소문들 중 과연 사실인 게 몇이나 있을지 궁금하긴 했다. 고개를 들어 시간을 확인했다. 이제 막 자정을 넘긴 시점이었다. 오늘도 주영이 만든 사과 향 보습제는 잘도 팔렸다. 나도 판매를 돕다가 안 쓴 필름과 젤리를 교환했다.

아침에만 하더라도 분명 집에 다녀올 계획이었다. 그런데 업무가 끝나는 5시 무렵부터 가짜 눈이 퍼붓기 시작했다. 눈은 식사를 끝낼 때까지 멈추지 않았다. 결국 리무진 운영이 중단되었다고 했다. 저번처럼 직원 차량을 빌려 다녀올까 고민도 해 봤으나 이 눈길에는 아무도 차를 빌려 줄 것 같지 않았다. 센터에 갇힌 거나 마찬가지였다. 한동안 닥치는 대로 돌아다니느라 휴식이 필요하기도 했다. 앞으로의 계획도 정리할 겸 방에서 잠이나 자려 했는데 주영이 다짜고짜 손목을 잡고는 보습제 파는 거나 도와 달라며 플리마켓장으로 향한 것이다. 그렇게 꼼짝없이 주영의 옆자리에 앉아 있는 신세가 되었다. 마침 화장실에 다녀온 주영이 돌아와 앉으면서 속삭였다.

"저 앞에 오전 팀 애들이 뭐라는지 들었어? 진짜 웃기다."

"뭐라는데?"

"신입이 사이코패스래. 여기는 뭐 새로 들어오기만 하면 그냥 다 사이코패스라더라. 자기네들 맘에 안 들면 다 사이코패스야."

주영이 툴툴대자 보습제를 사러 다가온 야간조 직원이 말을 덧붙였다.

"어제 일이 있었어요."

주영이 더 말해 보라는 듯이 직원을 올려다보았다. 나는 그에게 테이블 위 마지막 보습제를 건넸다. 그새 물량이 다 떨어졌다. 남아 있는 게 몇이나 되는지 가늠하기 위해 허리를 숙였다.

"작업하는데 죽은 개가 나왔거든요. 죽은 것들 나오면 컨테이너로 옮기고 한꺼번에 태우잖아요. D 컨테이너 위치나 익히라고 죽은 개를 가져다 놓으랬는데 시간이 지나도 안 오는 거예요. 그래서 혹시 주 씨처럼 길을 잃었나 싶어 가 봤죠."

"그런데?"

신입에게 혼자 D 컨테이너에 다녀오라고 하다니 다분히 악질적인 의도였다. 죽은 것들을 모아 놓은 D 컨테이너는 센터 부지에서도 가장 외진 곳에 있었고, 눈 속에서 파 낸 것들이 막 썩어 가기 시작하는 탓에 악취가 심했다. 나조차도 혼자서는 가기 꺼려지는 곳이 그곳이었다.

나는 남은 보습제의 개수를 세고 허리를 들었다. 맞은편에는 창고의 유일한 출입구인 철문이 있었다. 여전히 플리마켓이 한창인 창고는 소란스러웠다. 문이 빼꼼 열리자 복도의 어둠이 문틈 사이로 스며들었다. 누군가 안으로 들어왔다.

"죽은 개한테 말을 걸고 있었대요, 꼭 살아 있는 것처럼."

직원이 소름 끼친다는 듯이 어깨를 떨었다. 흥미가 떨어진 주영이 아 그렇구나 머리를 긁었고, 나는 그사이 다가온 이들에게 보습제 서너 개를 더 팔았다. 구매를 원하는 이들은 다양한 것을 내밀었다. 돈, 통조림, 어포 혹은 육포, 말린 과일칩 같은 것들. 주영은 제대로 셈을 하는 성격이 못 되었으므로 적당한 값을 매겨 보습제를 넘길지 말지 정하는 건 내 몫이었다. 오늘 들어온 물건 중 눈에 띄는 건 1992년에 초판을 찍은 소설책이었다. 군데군데 찢어진 곳이 있다는 것 빼고 상태가 괜찮았다. 『밤을 지새우는 사람들』. 책 표지가 익숙하다 했더니, 중학교 미술 시간에 배웠던 화가의 작품이었다. 제목도 그

림에서 따온 듯했다. 늦은 시간까지 카페테리아에 앉아 있는 사람들의 표정이 외로워 보여서 마음에 들었다. 제일 뒷장을 펼쳐 눈에 닿는 몇 줄을 읽었다. 작가의 말과 해설이었다. 소설은 각자의 사정으로 집에 들어갈 수 없는 사람들이 새벽의 외진 카페에 모여 이야기를 나누는 내용인 듯했다.

갑자기 장터 분위기가 차갑게 가라앉았다. 왁자지껄한 대화 소리가 점차 잦아들었다. 몇몇 이들이 장터를 빠져나갔는지, 철문이 삐꺼덕대는 문소리가 서너 번 연달아 들렸다. 느리게 다가오는 발소리와 길어지는 침묵. 주영의 옆에 앉아 책을 뒤적이던 나는 뒤늦게 고개를 들어 앞을 바라봤다.

푸석한 탈색모에 죽 찢어져 사나워 보이는 눈매. 나는 잠시 눈을 감았다 떴다. 창백하고 낯선 듯 익숙한 얼굴은 그대로 그 자리에 있었다. 눈앞에 있는 건 꿈속에서 출몰하는 그 애였다. 이이월. 옆자리의 주영이 나를 마주 보며 소리 내지 않고 입 모양으로 말했다. 신입, 신입! 부리를 닮은 입술로 분명 그렇게 말했다.

나는 다시 이이월을 올려다보았다. 신기하리만치 그대로인 얼굴이었다. 이이월이 그대로인 걸까, 아니면 내가 너무 많이 변한 걸까. 이이월이 어째서 이곳에 있는 거지? 어떤 추측도 해야 할 말도 하지 못한 채로 나는 뚫어져라 그 애를 보고만 있었다. 좀 전까지 가십을 떠들던 아이들 역시 아무 말도 하지 않고 그 애를 응시할 뿐이었다. 이이월은 주위의 가라앉은 공기 같은 건 전혀 신경 쓰지 않는 듯이 무심한 눈으로, 또 무심한 목소리로 말했다.

"그 보습제, 나도 하나 줘."

나는 간신히 입을 열었다. 피곤함에 목소리가 좀 잠겼을 뿐 생각보다 매끄럽게 흘러나왔다.

"뭘로 지불할 건데?"

이이월의 검은 눈동자가 나를 직시했다. 렌즈를 들이밀었던 그때처럼. 심장이 뛰었다. 그러나 이이월은 나를 보고도 동요하지 않았다. 너무 태연해서 꼭 일부러 찾아온 것 같은 착각까지 일었다.

"이런 것도 되나."

그 애가 내민 것은 스노볼이었다. 테이블 위에 내려놓자 유리 안쪽 세상에 펑펑 눈이 내렸다. 유리구 안의 진저 쿠키 커플이 서로를 껴안고 빙글빙글 돌았다. 육포와 말린 과일, 통조림과 조악한 보습제가 늘어선 테이블 위에서 스노볼은 유난히 작고, 다르고, 이상해 보였다. 심장 박동이 점차 빨라졌다. 불현듯 백영중 이사장실 모습이 스쳐 지나갔다. 고급스러운 원목 장식장에 빼곡히 들어찬 수많은 구체들. 과연 세상에 스노볼을 모으는 사람이 흔할까? 이이월은 나를 알고 있다. 내가 그때 그 백모루라는 것을 알고 여기 서 있는 것이다. 그건 확신에 가까웠다.

고개를 돌려 주영을 보았다. 표정이 영 탐탁지 않은 게, 그다지 마음에 들지 않는 듯했다. 스노볼은 주영의 성에는 차지 않는 물건일 것이다. 그 기색을 느낀 건지, 이월이 덧붙였다.

"신입이라 아직 월급이 안 나왔어. 여기 올 때 집에서 가져온 거야. 귀한 골동품이랬으니까 나가서 팔면 비싸게 팔릴걸."

"흠, 그래?"

주영은 여전히 뚱한 얼굴이었고, 어째선지 초조해진 건 내쪽이었다. 주영이 무어라고 입을 열려는 찰나 나는 주영의 말을 가로챘다.

"좋아. 내가 살게. 그거 나 줘."

이이월의 시선이 주영에게서 다시 나에게로 옮겨 왔다. 나는 그 애가 올려 둔 스노볼을 잽싸게 내 무릎 위로 옮겼고, 주머니에서 주영이 시험용으로 잔뜩 만들어 놓고는 떠넘긴 휴대용 보습제 하나를 꺼내 건넸다. 이월은 내 얼굴과 손바닥을 번갈아 보더니 그것을 받아 들었다. 휴대용으로 만들어진 크림의 공병은 내 새끼손가락보다도 작은 크기라 피치 못하게 이월의 손끝이 내 손끝과 닿았다. 떨림이 느껴졌을까 싶어 신경 쓰였다. 보습제를 건네받은 이이월이 나를 바라보며 들릴락 말락 한 목소리로 빠르게 말했다.

"고마워."

그러고는 볼일은 끝났다는 듯이 휙 뒤돌아 창고를 빠져나 갔다. 모두 오랫동안 숨을 참았다가 한꺼번에 내쉰 것처럼 창고 안이 이전보다 더욱 소란스러워졌다. 누가 쟤한테 장터 알려 줬어? 일단 나는 아니야. 몰라. 어떻게 알았대? 그냥 몰래 누구 한 명 따라온 거 아니야? 그런 가벼운 감상들이 나를 치고 지나갔다. 이이월이 새로 들어온 신입이었다고. 쟤가 여기에 왜 온 거지? 기억 속 이이월은 문제아임에도 아무도 쉽게 건들지 못할 만큼 가진 게 많은 애였다. 엄마가 백영중 이사장인 것만 보아도 그랬다. 그런데 백영중은 어떻게 되었더라? 그 자리에 놓아두고 들여다보지 않았던 과거가 밀려왔다.

주영이 별안간 나를 빤히 응시했다. 명백한 불만이 서려 있는 시선이었다.

"너 내가 준 거 한 번도 안 써 봤지."

사실이었으므로 고개를 끄덕였다. 주영에게는 미안한 말이지만 정말이지 사방에서 풍기는 사과 향이 지긋지긋했기 때문이다. 전날에 바르라고 준 크림도 아직 많이 남아서 하나 정도는 넘겨도 괜찮다고 생각했다. 주영이 팔짱을 낀 채 잔뜩 비아냥거리는 목소리로 말했다.

"그거 사과 향 아니라 포도 향인데. 다들 같은 향을 내고 다니니까 나도 좀 소름 돋아서 만든 신제품이란 말이야."

"어……."

뒤늦게 창고 문을 바라봤지만 이월은 이미 사라진 뒤였다. 나는 내 무릎 위에 놓인 새 스노볼을 노려보았다. 구석구석 뜯어 봐도 스노볼이라는 사실 이외에는 이모의 트럭에서 나온 스노볼과 공통점이 없었다. 밑판을 잡아 흔들자 쿠키들이 빙글빙글 돌았고, 반짝이는 가짜 눈이 내렸다.

플리마켓은 곧 활기를 되찾았다. 나는 이월이 사라진 방향을 바라봤다. 오래전에 죽은 사람을 마주한 것처럼 아무것도 할 수가 없었다. 심장은 여전히 빠르게 뛰었고, 어디선가 시계 초침 소리가 들려왔다. 이이월이 닿았던 손끝에서부터 피가 달아오르는 게 느껴졌다. 꼭 학교에서 새 학기 반을 배정받았을 때처럼 익숙하고도 낯선 두근거림이었다. 머릿속에 이월과 인사를 나누고, 작업복 너머로 시선을 섞고, 쉬는 시간이면 함께 물을 나눠 마시고, 자기 전 기숙사 휴게실에서 대화를 나누는 모습이 그려졌다. 오래전 백영중학교에서는 끝내 해내지 못한 것들에 대한 욕심이.

욕심, 욕심이라고. 순간 내가 욕심 같은 걸 가져도 될 처지인가 싶었으나 그래서 더욱 바라야 한다는 생각도 들었다. 지금껏 내가 놓쳐 온 것들이 너무 많아서 지금부터라도 붙잡을 수 있는 것이라면 붙잡고 싶었다. 손에 쥐는 순간 녹아 없어져 버리는 눈송이가 아닌 단단히 쥘 수 있는 것이 필요했다. 돌아오지 않을 사진 속 세상을 추억하는 일이나 이모를 잃어 버린 후에 이모를 쫓는 일 같은 건 더 이상 반복하고 싶지 않았다. 아니 반복하지 않을 것이다.

이월

모든 작업을 끝냈을 때 우리는 완전히 녹초가 되어 있었다. 손가락 하나 까딱하기 힘든 상태라 그대로 중앙 건물 로비에 널브러졌다. 목이 말라서 마른기침이 터져 나왔다. 유진이 미리 챙겨 온 500밀리리터 생수를 둘이서 한 번에 비우는 사치를 부리고서야 힘이 좀 났다. 유진은 간만에 학교를 둘러보고 싶지 않냐고 물었다.

"딱히……."

그다지 좋은 추억이 있는 공간은 아니었다. 그런데도 유진은 조카 졸업식에 왔을 때가 떠오른다며 내 손목을 이끌고 건물을 가로질렀다. 신이 난 건 나보다도 유진 같아 보였다. 더 이상 학생이 없는 공간임에도 학교 특유의 냄새가 여전했다. 익숙한 향기는 과거를 미화한다. 따지고 보면 그리울 것도 없는데 말이다. 폐허나 마찬가지인 급식실을 지나는데, 이번에는 배에서 소리가 들려왔다. 내 배가 아니라 유진에게서 나는 소리였다. 전날 심야에 만나 아무것도 먹지 않고 몇 시간을 달려와 중노동을 한 탓이다. 해는 어느덧 뉘엿뉘엿 기울고 있었다.

"트럭에서 육포랑 물 좀 더 가져올게. 여기서 기다려."

내가 뭐라고 대답할 틈도 없이 유진은 가로수 길을 미끄러지듯이 내려갔다. 나는 급식실 계단에 주저앉았다. 별 생각 없이 뒤돌아 불투명한 창 너머를 바라보는데 묘한 것이 눈에 띄었다. 급식실의 테이블 위로, 꼭 사람이 생활하는 공간처럼 침낭이 늘어져 있었다. 창문에 얼굴을 붙이고 안을 들여다보았다. 침낭 말고도 난로와 선풍기, 먹다 남은 통조림과 식료품들이 보였다. 이 안에서 누가 살고 있는 건가? 불길한 예감이 치솟았다. 멀리서 배기음과 바퀴 소리가 들려왔다. 나는 떨리는 손을 말아 쥐고 심호흡을 했다. 불안할 때면 이 모든 게 가짜이고 환청이라는 생각을 한다. 하루가 계속 내 곁에 있는 것처럼 불길한 기운도 늘 내 곁에 있다고. 그러나 아무도 하루를 보지 못하는 것처럼 이 기운도 그저 곁에 머물다 아무 일 없이 사라질 것이라고. 소음은 학교 쪽으로 점점 가까워졌다. 유진은 화물칸을 훤히 열어 둔 채 박스를 뒤적이고 있었다. 나는 계단에서 내려와 눈을 가늘게 뜨고 이쪽을 향해 다가오는 것들을 바라보았다. 오토바이 한 대가 유진의 트럭을 향해 질주했다. 오는 길에 보았던 강도들이었다. 환각이 아니었다.

"유진!"

하지만 내 목소리는 배기음에 묻혔고, 오토바이는 훨씬 빨랐다. 유진이 돌아보는 것과 동시에 오토바이가 화물칸의 입구를 가로막듯이 멈춰 섰다. 유진이 내 쪽을 향해 눈을 굴렸다. 나는 급식실 벽에 바짝 붙어 일단 몸을 숨겼다. 그 상태로 상황을 지켜보았다.

오토바이에서 내린 사람은 붉은색 스카프로 코 위쪽까지 가리고 있었고, 벙거지 모자를 썼다. 그가 유진을 향해 기다란 총구를 들이밀었다. 유진이 들고 있던 것을 내려놓고 양손을 들었다. 강도가 무어라고 외쳤다. 소리가 정확히 닿지는 않았지만 의도가 뻔한 위협인 듯했다. 유진은 손을 올린 채로 화물칸에서 내렸다. 무방비 상태임에도 강도의 총구는 여전히 유진을 향하고 있었다. 심장이 거세게 뛰었다. 탕, 언젠가 포대 자루 사이에서 들었던 발포음이 환영처럼 귓가에 맴돌았다.

총성. 어둠. 멀어지는 하루와 악취.

그때였다. 언제부터 옆에 있었는지 모를 하루가 저 앞을 향해 왈왈 짖어 댔다. 나는 하루가 짖는 방향을 바라보았다. 두어 대의 오토바이와 지프차가 더 있었다. 총을 든 강도가 어디론가 전화를 걸었다. 그사이 유진이 내 쪽을 돌아보았다. 그리고 분명한 입 모양으로 말했다.

'도망쳐.'

하루가 나를 바라보며 짖었다. 과거의 그날처럼 하루가 저 앞으로 달려 나갔다. 꼭 관심을 끌려는 것처럼 마구 짖으면서 달려나갔다. 그래 봤자 하루의 소리는 저들에게 닿지 않을 텐데. 그럴 걸 알고 있었지만 이번에도 하루를 잃을 수는 없었다. 코앞에 던져 둔 삽이 있었다. 나는 마구 떨리는 손으로 삽을 집어 들었다. 유진이 나를 바라보며 잘게 고개를 저었다. 강도는 당장이라도 방아쇠를 당길 것처럼 손가락을 걸어 둔 채였다. 탕, 탕, 머릿속에서 누군가 총질을 하는 것처럼 발포음이 들렸다.

유진의 눈은 그러지 말라고 말하고 있었으나 이미 삽을 쥐었고 멈출 수 없었다. 하루는 계속 달렸다. 나도 하루를 따라 달렸다. 탁, 탁, 내 발소리가 귓가에 북소리처럼 울렸다. 강도는 여전히 내 쪽을 등진 채 유진을 향해 총구를 겨누고 있었다. 나는 떨리는 손으로 삽을 들어 올렸다. 유진의 눈이 커졌다.

퍽, 소리가 났다. 삽이 눈 바닥을 굴렀다. 나도 유진도 침묵했다. 삽 머리에 붉고 찐득해 보이는 것이 묻었다. 쓰러진 남자의 머리 부근에서 흘러나온 피가 하얀 눈바닥을 적셨다. 손이 걷잡을 수 없이 떨렸다. 그대로 자리에 주저앉아 뒷걸음질쳤다. 남자의 전화기 너머로 무슨 소리냐고 외쳐 묻는 음성이 흘러나왔다. 저 멀리 지프와 오토바이가 가까워지고 있었다. 먼저 정신을 차린 건 유진이었다.

"정신 차려. 지금 당장 출발해야 해."

유진이 내 어깨를 붙잡아 일으켜 세웠다. 다리가 힘없이 고꾸라졌다. 죽었을지도 모른다. 피가 흐르는 양을 봐서는 죽었을 것 같다. 무서워서 아무 생각도 할 수가 없었다. 유진이 나를 조수석으로 밀어 넣으며 외쳤다.

"정신 차리라고! 저 새끼들한테 잡힐 거야?"

지프가 벌써 코앞이었다. 조수석 문을 닫은 유진이 쓰러진 강도가 쥐고 있던 사냥총을 주워 들고 운전석에 앉았다. 지프가 요란하게 클랙슨을 울려 댔다. 유진이 핸들을 쥐며 말했다.

"벨트 단단히 매."

떨리는 손으로 유진의 말을 따랐다. 시동이 걸렸고, 트럭이 크게 덜컹였다. 유진은 앞만 바라봤다. 나도 앞만 보기로 했다. 트럭이 달리기 시작했다. 학교가 있는 골목에서 큰길로 빠져나와 엑셀을 밟았다. 몸이 뒤로 쏠렸다. 유진이 사냥총을 내 쪽으로 밀며 말했다.

"네가 들고 있어. 혹시 모르니까."

사이드미러로 부쩍 가까워진 오토바이가 보였다. 새로 쌓인 눈 때문에 속도가 나지 않았다. 그래도 유진은 계속 앞만 보고 달렸다. 달릴 수밖에 없었다. 백영시는 온통 하얬고, 숨을 곳이 없었다. 도로를 질주하는 이들 역시 우리뿐이었다. 어느 순간 지프가 사라졌다. 오토바이와는 따라잡히고 멀어지기를 반복했다. 어떻게 해야 하지? 어쩌다 이렇게 된 거지? 조수석의 문에 딱 붙은 오토바이가 문을 퍽퍽 쳐 댔다. 내가 삽으로 내려친 놈과 마찬가지로 얼굴에 스카프를 두르고 있었다. 놈이 우리를 향해 뭐라고 욕설을 지껄여 댔다. 어쨌든 죽여 버리겠다는 말 같았다. 유진은 아랑곳하지 않고 앞만 봤다. 나는 내 손에 들린 총을 내려다보았다. 떨리는 손으로 방아쇠에 손가락을 걸어 보았지만 써 본 적이 없으니 어떻게 쏴야 하는지 알 리가 없었다. 하지만 이런 상황에서 가만히, 아무것도 하지 않고 가만히 있는 것이 무엇보다 어려운 일이었다. 차창을 반쯤 내렸다. 뭘 어떻게 해야 하는지 아무것도 모른 채 총구만 밖으로 뺐다. 방아쇠를 당겼지만 발포음은 나지 않았다. 오토바이를 탄 놈이 낄낄 웃는 소리가 들려올 만큼 거리가 가까웠다. 유진이 외쳤다.

"안전장치! 풀어!"

그게 뭔지 몰라서 한참 동안 몸통을 만졌는데 어느 순간

달칵 하는 소리가 났다. 눈을 질끈 감고 방아쇠를 당겼다. 평, 꼭 폭죽이 터지는 소리 같았다. 허탕이었다. 오토바이가 휘청이며 뒤로 멀어졌다. 나는 잽싸게 차창을 다시 올리고 숨을 몰아쉬었다. 어느새 우리는 고속도로를 달리고 있었다. 유진이 별안간 속도를 높였다. 무슨 생각인지 알 수가 없어 유진을 보았지만 유진은 말이 없었다. 트럭이 이렇게 달려도 되나 싶을 정도로 속력을 높였다. 몸이 속도를 따라잡지 못해 뒤로 쏠렸다. 그때였다. 유진의 계기판이 붉게 깜빡였다. 기름이 부족한 것 같았다. 유진이 입술을 잘게 씹었다. 눈앞에 오래전에 톨게이트로 쓰였던 구조물이 나타났다. 유진이 급커브를 돌아 트럭을 가로로 멈춰 세웠다. 이 밖으로 나가서 조금더 달리면 다른 도시가 나온다. 그곳은 백영시보다는 통행량이 있는 곳이었고, 그렇다면 도움을 청할 수도 있을 것이다. 그런데 유진은 출발하지 않고 핸들에 고개를 처박은 채 가만히 있었다.

"얘, 너 내려."

유진이 핸들에서 얼굴을 떼며 싸늘히 말했다. 나는 멍하니 눈을 깜빡였다. 저 멀리 커브를 돌아 이쪽으로 다가오는 강도들이 보였다. 유진이 욕설을 지껄이며 백미러에 걸려 있던 키링을 빼내 나에게 건넸다. 그리고 단호한 목소리로 말했다.

"내려서 저기 톨게이트 검표 칸 책상 아래에 숨어. 지금 내리면 쟤네 눈에 안 띌 거야. 시계 있지? 거기서 두 시간만 숨어 있으면 매일 이 부근을 지나가는 화물 트럭들이 있어. 센터로 향하는 눈 수거 차량이야. 얻어 타고 센터로 가. 거기에는 사람들이 많으니까 널 다시 집으로 돌려보내 줄 거야."

"당신은?"

"여기서 둘 다 내리면 결국 들켜. 한 명은 달려야 해. 조금만 더 가면 마을이 나와. 거기서 도움을 청하면 돼. 내 걱정 말고 잘 숨어 있다가 돌아가. 알겠지?"

나는 고개를 끄덕였다.

"총도 챙겨 가. 혹시 모르니까. 나는 차에서 절대 안 내릴 테니까 괜찮아. 그리고 이것도 챙겨. 모루에게 괜한 말은 말고."

유진은 모루의 사진이 담긴 열쇠고리를 떼어 건네주었다. 나는 이번에도 고개를 끄덕였다. 유진은 정말 그럴 것 같았다. 너무 아무렇지도 않은 말투라 믿을 수 있었다. 그는 이제 더이상 할 말이 없다는 듯이 나를 문밖으로 밀었다. 나는 곧바로 유진이 말했던 검표 칸 안에 들어가 숨었다. 내가 들어간 걸 확인한 유진이 다시 달리기 시작했다. 순식간에 톨게이트 너머 저 앞으로 나아갔다. 나는 책상 아래서 눈을 감았다.

유진이 떠나고 1분이나 지났을까, 오토바이와 지프차가 차례로 톨게이트를 지나쳤다. 바큇소리와 배기음도 이내 멀어졌다. 어떤 소리도 들리지 않게 된 후에 눈을 떴다. 품 안에 하

루가 안겨 있었다. 하루가 내 손과 얼굴을 마구 핥았다. 눈에
서 흐르는 게 눈물인지 땀인지 하루의 침인지 모르겠다. 조
용히 호흡했다. 뒤늦게 내 옷에 묻은 핏자국과 흙먼지들이 눈
에 들어왔다. 시간을 확인했다. 유진이 말한 시간까지는 한 시
간이 넘게 남아 있었다. 하루가 품에서 낑낑거렸다. 열세 살
때의 그 화물칸에 와 있는 듯했다. 나는 하루를 꼭 안았다.
궁금한 게 너무 많았다. 엄마는 새로 누운 자리가 마음에 들
까? 고심해서 고른 자리니, 마음에 들었으면 좋겠다. 내가 삽
으로 내려친 남자는 죽었을까? 지금의 수모와 공포를 떠올리
면 죽었으면 좋겠다가도, 또 살았으면 싶기도 했다. 유진은 무
사히 강도들에게서 도망쳤을까? 마을에 도착하기까지 기름이
충분했으려나? 그런데 왜 유진도, 강도도 다시 돌아오지 않
는 걸까? 다른 도로를 탄 걸까? 정말 두 시간 후에 수거 차량
이 오려나? 오지 않으면 어떻게 하지? 궁금한 게 너무 많은데
답은 하나도 알 수 없었다. 아무것도 모르는 지금의 상태가
두렵고 끔찍했다.

유진의 말대로 눈 수거 차량들이 지나가기를 기다렸다. 한
시간이 지날 때까지는 시계를 계속 확인하다가 남은 한 시간
동안은 시계를 쳐다보지 않기로 했다. 시간이 다 지나도 아무
답도 나오지 않으면 어떡하지 그런 것이 두려워 아무것도 하
지 않았다.

어쨌든 시간은 흘렀고 유진이 말했던 시간이 되자 줄줄이 차량이 도착했다. 총은 내가 숨어 있었던 검표 부스 안쪽에 숨겼고, 피가 묻은 재킷은 뒤집어 입었다. 나는 그중 제일 마지막 수거 차량을 얻어 타고 센터로 향했다. 운전사는 오지랖이 넓은 사람이었다. 그는 미아가 된 연유를 캐묻다가 내게서 반응이 없자 톨게이트에 오기 직전, 부서진 가드레일과 찌그러진 트럭을 보았다고 말했다. 신고는 했지만 이 동네 경찰들이 무슨 일을 하겠느냐며 한숨을 내쉬었다. 나는 그 모든 말을 어떤 미동도 없이 듣고 있었다. 저 멀리 센터 건물이 보였다.

유진은 나에게 집에 돌아가라고 했지만 나는 그럴 생각이 없었다. 한 번도 집 밖에서 살아 본 적은 없지만 스물두 살은 어른이니까. 마침 사람을 구한다기에 당장에 입사지원서를 작성하고 눌러앉기로 했다. 직원들이 오고 가며 하는 이야기를 들어 보니, 내가 배정된 조의 직원 한 명이 사고로 죽었다는 것 같았다. 운 좋게 아직 룸메이트가 들어오지 않은 2인실을 배정받았다. 입사 서류에 지장을 찍고, 주민번호로 신분을 확인할 때까지도 나는 핏자국이 묻은 재킷을 입고 있었다.

간략한 오리엔테이션이 끝난 뒤 나는 오후 내내 로비에 앉아 시간을 보냈다. 삭막하기만 할 줄 알았던 센터는 바깥에서 떠도는 소문과는 다르게 활기가 도는 곳이었다. 또래들이 모여 생활하는 곳 특유의 발랄한 분위기, 그리고 별것 아닌 일에도 웃음부터 터뜨리는 사람들의 훈기가 이곳에는 남아 있었다. 일하는 곳이라기보다는 학교에 가깝게 느껴졌다. 오고 가는 얼굴들은 분명 성인의 것이었는데, 그들의 말투나 손짓, 표정 같은 건 그보다 앳되었다. 백영중 학생들이 몸만 큰다면 이런 모습이지 않을까. 그리고 나 역시 다르지 않다는 생각이 들었다. 나는 꼭 새로 배정된 반에 외롭게 앉아 있는 중학생처럼 부디 아는 얼굴이 들어오길 바라는 마음으로 퇴근버스에 오르는 사람들의 얼굴을 살폈다. 백모루가 무슨 조의 무슨 팀인지 몰랐기 때문에 타임별로 도착하는 퇴근 버스를 전부 기다렸다. 그렇게 세 번째 버스가 도착했을 때 나는 백모루를 다시 보았다.

기억 속의 모습과 그리 다르지 않은 얼굴이었다. 문득 조금 우습다는 생각이 들었다. 망한 세상에 홀로 그대로인 것들이. 백모루도 나를 그대로라고 생각할까? 한자리에 가만히 앉아 있는 나를 사람들이 이상하게 바라봤다. 갑자기 울고 싶은 기분이 들었다. 어째서인지 모르겠다. 그냥 무척 외로운 기분이었다. 내 주위에 남아 있는 건 이제 하루밖에 없었다. 새엄마가 죽었다. 아빠는 현관에 있는 하루를 어떻게 할까. 원래도 기분 나쁘다고 싫어했으니 이번 기회에 버릴 수도 있을 것이다. 그럼 내 옆의 하루는 어떻게 되려나? 나는 하루를 향해 말했다.

"너마저 사라지지는 마."

하루는 캥캥 짖었다. 지나가는 이들이 나를 보며 미간을 구겼다. 그마저 중학교 생활을 떠오르게 하는 것이 재미있었다. 다행히 백모루는 나를 보지 못했다. 아직은 그 애를 맞닥 뜨리고 싶지 않았다. 나는 하루를 안고서 방으로 돌아왔다. 그다음 날부터 2주일 동안 신입 교육을 받았다. 유진은 돌아 오지 않았다. 내 휴대폰으로도 걸어 보고, 센터 전화로도 걸 어 보았지만 유진은 전화를 받지 않았다. 나는 아직 마트 주 차장에서 주운 유진의 명함을 가지고 있었다. 딱딱한 박스 종 이에 휘갈겨 쓴 번호와 그 이름.

*

2주의 시간이 지나고 심야조에 배정받아 첫 근무를 했다. 눈 속에는 모든 죽은 것들이 묻혀 있었다. 죽은 개가 나올 때 면 하루 생각이 나 미안하다는 말이라도 전하고 싶었다. 죽은 짐승은 많았고 나는 하루에도 몇 번씩 미안하다고 했다. 일 은 단순했다. 눈을 퍼서, 담기. 한번은 아빠에게 전화가 왔다. 사실 한 번은 아니고 여러 번이었는데 받은 게 한 번이었다. 아빠는 통화가 연결된 뒤에도 한참 말이 없었다. 그 순간 아 빠가 무슨 얼굴을 하고 있을지는 상상이 가지 않았다.

─네가 어디에 있는지 안다.

아빠다운 첫 마디였다.

─지금이라도 돌아와라. 그날 진단서 협상하고 업체 사람
다 불러 놨는데 갑자기 사라져서 얼마나 곤란했는지 알아?
결국 잿가루를 만들어서 화장한 척해야 했다. 전부 너 때문
에 일이 이렇게 번거롭게 됐어. 네가 무슨 생각으로 센터에
들어갔고 어떻게 네 엄마를 숨겼는지는 모르겠지만 말로 할
때 돌아오는 게 좋을 거야.

"아빠, 난 새엄마 어디에 있는지 몰라요. 난 그냥 새엄마도
없는 집이 지긋지긋하고 무서워서 돈 좀 훔쳐서 나온 거야.
내가 어떻게 죽은 사람을 혼자 옮기겠어요."

─……너.

"나는 여기 있을 거예요. 안 돌아가요."

그리고 전화를 끊었다. 이후로는 아예 핸드폰을 껐다. 포기
한 건지 뭔지는 몰라도 아빠에겐 더 이상 연락이 없었다.

백모루를 다시 만난 건 오후조로 옮긴 후 첫 출근길에서였
다. 센터 안에서는 별 이야기들이 다 돌았다. 백모루가 사라
진 이모를 찾느라 정신이 없다는 소식을 들었다. 나는 유진이
준 열쇠고리를 떠올렸다. 그날 저녁 창고에서 직원들끼리 플
리마켓을 연다는 소식을 들었다. 매니저가 알려 준 거였다. 직
원들 전부 묘하게 비슷비슷한 향이 난다 싶었는데, 백모루의

166

룸메이트가 보습제를 만들어 판다는 것 같았다. 살이 트던 말던 입술이 갈라지던 말던 관심 없었지만 그 안의 백모루는 좀 궁금했다.

그 애가 나를 보는 표정이 궁금했다. 나를 보고 어떤 얼굴을 할지, 내가 유진의 열쇠고리를 건넸을 때 어떤 표정을 지을지, 화를 낼지 소리를 지를지 주먹을 날릴지 울지 욕을 지껄일지 같은 거. 내가 이렇게 궁금한 게 많은 사람이었나. 이상했다. 집에서 살던 과거의 나는 이미 알 수 없는 것들에 둘러싸여 있어서 새로 뭔가를 궁금해할 여력이 되지 않았다. 그런데 지금의 나는 궁금한 게 너무 많았다. 그만큼 두려운 것도 많았다.

모루

나는 출근 버스의 옆자리에 잠든 이이월을 바라봤다. 그 애는 잠이 든 건지 꼼짝도 하지 않았다. 나보다 늦게 나온 주영이 또 다른 잔여석에 먼저 앉아 버린 탓에 나는 이월의 옆에 앉을 수밖에 없었다. 주말 내내 머릿속을 맴돈 궁금한 점들이 두더지 게임처럼 순식간에 떠올랐다 사라졌다. 하지만 결국 아무 말도 붙이지 못하고 그 애처럼 팔짱을 끼고 고개를 숙인 채 눈을 감았다. 잠이 올 리는 없었다. 금요일 밤의 플리마켓 이후 나는 온갖 상상에 빠져 있었다. 수첩은 두서없는 메모들로 가득했다.

스노볼, 이이월이 갑자기 센터에, 그것도 맨몸으로, 이이월이 입소한 날짜와 이모가 실종된 날짜.

이이월은 도망쳐 온 사람처럼 완전히 맨몸으로 센터에 입소했다고 한다. 관리자는 들어오자마자 소문을 몰고 다니는 이이월을 처음 맞이한 게 자신이라는 사실이 자랑스럽기라도 한 것처럼 온갖 곳에 이이월이 입소한 첫날의 이야기를 떠들고 다녔다. 다른 애들은 그 얘기를 오락처럼 소비했지만 나는 그럴 수 없었다. 어쩐지 계속 이모가 떠올랐다.

다시 눈을 떴을 땐 리무진 버스가 정차한 뒤였다. 그 애는 창밖을 응시하고 있었다. 아직 잠에서 덜 깬 듯 나른한 시선 끝에 있는 건 넓게 펼쳐진 설원이었다. 눈 소각장은 여느 때와 다름없이 불쾌한 냄새를 풍기며 검은 연기를 배출했다. 사람들이 하나둘씩 자리에서 일어나 내렸다. 차창에 이월의 눈동자가 비쳐 보였다. 그 순간 갑자기 어떤 충동이 밀려들었다.

"이이월."

잠에서 막 깨어난 것 치고는 맑은 눈이 나를 향했다.

"너, 나 기억나?"

얼마나 시간이 흘렀는지 모르겠다. 버스 안에는 우리밖에 남지 않았다. 바깥의 이들이 눈을 밟아 사각거리는 소리가 은은하게 신경을 긁었다. 인내심이 바닥나기 직전이었다. 이이월이 답했다.

"알아. 기억하고 있어."

그 말이 왜 그렇게 반가웠는지 모르겠다. 이이월에게 이모의 실종이 겹쳐 보이는 것과는 별개로 말이다. 그새 환복을 마친 주영이 버스 창을 요란하게 두드리며 나를 찾았고, 나는 좀 전까지 들끓던 긴장과 섣불리 단정 지어 표현하기 힘든 의문들이 단숨에 가라앉는 것을 느꼈다. 버스에 오른 주영이 어리둥절한 얼굴로 나와 이이월을 번갈아 바라보았다. 나는 작게 답한 뒤 주영을 따라 나갔다.

"그럼 됐어."

이월을 스쳐 지나가는데 코끝에 포도 향이 맴돌았다. 플리 마켓 이후로 이이월은 이 센터에서 유일하게 포도향을 내는 직원이 되었다. 역한 냄새들 사이로 은은한 포도향이 풍기면, 근처 어디엔가 그 애가 있었다. 방독면을 쓰고 일을 하는데도 이상하게 그 포도 향이 선명했다. 신기한 일이지. 전부 똑같은 작업복에 방독면을 썼는데도 그 애를 알아볼 수 있었다. 아주 일방적이지만 꼭 그 애와 연결된 기분이었다. 나는 흔하고 흔한 사과 향 사이에 숨어서 그 애의 기척에 반응했다. 처음에는 혹여 이상한 기미는 없는지 감시하기 위함이었는데 나중에는 습관이 되었다.

이월은 늘 묵묵히 성실하게 눈을 불 속으로 퍼 나르고 있었다. 가끔은 학교 다닐 때 그랬던 것처럼 그 애가 나를 보고 있다는 착각에 빠지기도 했다. 멀리서 그 애도 나를 바라보고 있을 거라는 예감. 나는 이 끌림이 헷갈렸다. 이이월은 나에게 궁금할 수밖에 없는 대상이었다. 수도로 이사 갔다면서 왜 여기에 와 있는지, 어쩌다 오게 되었는지, 왜 하필 이모가 사라진 날 센터에 왔는지, 그 와중에 가지고 있던 스노볼은 무엇인지. 하지만 섣불리 물을 수 없었다. 그 애의 입에서 나올 대답에 너무 많은 게 걸려 있었다. 그리고 무엇보다 나는 그 모든 궁금증을 잠시 밀어 두고서라도…… 그 애와 친해지고 싶었다.

센터에 오기 전, 이모와 싸울 때 나는 이렇게 지껄였다. 이모가 죽으면 나도 죽어 버리겠다고. 그리고 이모의 행방을 좇는 내내 생각했다. 이모를 죽게 만든 사람이 있으면 그 사람을 죽여 버릴 거라고. 나는 그 모든 괴로움으로부터 이이월을 분리하고 싶었다. 그냥. 내 죄책감에 동반되는 단순한 의심이기를, 얄팍한 호기심이기를 바랐다. 그런데 만약, 정말 만약…… 진짜라면. 첫눈이 내린 날 나에게 손을 내밀었던 저 애가, 나를 구했던 저 애가 이모의 실종과 관련이 있는 거라면? 나는 눈을 감고 이이월을 죽이는 상상을 해 보았다. 그저 상상일 뿐인데 죽이기는커녕 제대로 힘을 줄 수조차 없었다. 결국 이이월의 목을 조르는 부분에서 상상을 멈췄다.

출근길 내내 이월을 마주했다. 같은 조에 같은 팀이었으니까. 나는 일부러 꼬박꼬박 빠지지 않고 아는 척을 했다. 실없는 인사를 건네고, 이제는 까마득해서 별 기억도 나지 않는 중학교 시절 이야기를 꺼내고, 가끔 시비를 걸기도 했다. 매사에 관심 없는 대장 길고양이의 관심을 이끌어 내는 기분이었다. 오늘 이 간식이 통하지 않으면 내일은 다른 장난감을 흔들어 봐야지 하는 것처럼 나는 이월의 반응을 끌어내기 위해 안간힘을 썼다. 이렇게까지 하는 것은 호의와 의심의 경계에 걸쳐져 있었다. 사실 마음은 호의에 더 가까웠지만. 슬쩍 이모에 관한 이야기를 꺼낸 적도 있었다. 그건 아직 나에게도 힘든 일이었지만 이월의 표정을 살피는 데는 도움이 되었다.

"너, 내 얘기 들었지."

이월이 나를 빤히 바라보더니 입을 열었다.

"무슨 얘기?"

"이모 실종됐다는 거. 몰라? 여기 소문 빨리 돌아서 다 알텐데. 너 들어올 때쯤 난 사고였거든. 트럭은 발견됐는데 이모는 못 찾았어."

나는 이월의 반응을 살폈다. 조금 커진 눈은 그저 그런 안타까움을 담은 예의상의 반응 같기도 정말 충격을 받은 것 같기도 했다. 이월이 시선을 떨어뜨리며 읊조렸다.

"못 찾았구나."

"응. 다들 못 찾을 거래. 찾아봤자 소용없을 거래. 그런데 난 찾고 싶어."

나는 시선을 그 애에게서 떼지 않은 채 중얼거렸다. 이월은 여전히 감정을 가늠할 수 없는 덤덤한 얼굴로 고개를 끄덕였고, 어째서인지 그게 무척 편안했다. 돌덩이처럼 딱딱하게 굳은 어깨가 부드럽게 풀리는 것 같았다. 이모가 사라졌다는 소식을 들은 이후로 이렇게 편안했던 적이 있었나. 나는 어느새 아무에게도 말한 적 없었던 내 속마음까지 말하고 있었다.

"내가 이모가 살아 있다고 믿는 이유가 뭔 줄 알아? 이모는 항상 백미러에 내 사진을 걸고 다녔어. 그런데 그게 없는 거야. 이모는 어디에 가든 그걸 항상 가지고 가. 그게 없다는 건 이모가 챙겼다는 뜻 아니야? 그렇다는 건 어디론가 가고 있다는 거 아니냐고. 갔으면 돌아오겠지. 그럴 거야. 나에게 아무런 말도 없이 간 게 괘씸하지만 기다려야지. 그리고 돌아오면 반겨 줄 거야."

그렇게 알아낸 사실이 있다. 이월은 내가 이모 이야기를 할 때면 늘 엄지로 다른 손가락의 손끝을 꾹꾹 눌러 댔다. 오로지 이모 이야기를 할 때만 그랬다. 표정 변화도 별로 없는 그 애가 유일하게 드러내는 이상 신호였다. 나는 그 신호를 놓치지 않기 위해 말했다.

"너는 우리 이모가 돌아올 것 같아?"

질문을 던진 건 난데 떨리는 것도 나였다. 이이월이 특유의 까맣고 까만 눈으로 나를 응시했다. 일을 하던 중이라 사방이 눈으로 가득했다. 일주일에 한 번 굴삭기와 포클레인이 오는 날인지라 주변이 유난히 시끄러웠다. 이이월이 입을 열었다.

"응. 돌아올 거야. 분명히."

그 말은, 그 얼굴은 지금껏 내가 맞닥뜨려 온 어떤 것보다도 확신에 가득 찬 것이었다. 이모를 좇는 나보다도. 그 말을 믿고 싶었다. 간절하게 믿고 싶었다. 그 말을 하는 이이월을 더 믿고 싶었는지는 모르겠지만.

이월은 언젠가부터 멀리서 눈이 마주치면 주인을 알아보는 개새끼처럼 눈을 깜빡였다. 그게 좀 웃기기도 하고. 센터장이나 감독관, 내 욕을 해 대는 동료 직원의 욕을 할 때면 아주 드물게 이월이 기어들어 가는 목소리로 맞받아쳐 주기도 했다. 그럴 때마다 이상하게 힘이 솟았고, 소각 작업도 훨씬 빠르게 많이 할 수 있었다. 초등학교, 중학교 때도 가져 보지 못한 단짝이 생긴 것 같았다. 나는 늘 셋이 친하면 제일 덜 친한 하나 쪽에 속하는 애였는데 이월 앞에서는 그런 걸 걱정할 필요가 없었다. 이월보다는 내가 밝았고, 내가 동료도 친구도 더 많았다. 부작용이라면…… 내가 이이월의 앞에서는 늘 남을 욕하는 인간이 되었다는 것이다. 하루는 이이월이 먼저 입을 열었다. 나에게 건네는 첫 질문이었다.

"그런데 맨날 그렇게 화나 있으면…… 안 피곤해?"

"내가 누구 때문에 이러는데?"

주위 사람들은 나를 향해 독하다고 말했다. 처음에는 안쓰러워하더니 이제는 이월과 싸잡아서 조금 꺼림직한 애로 취급했다. 뭐 주영은 그런 데 신경 쓰지 않는다지만 신경 긁는 일이 없는 건 아니었다. 그런 와중에 이이월마저 내가 유별나다는 것처럼 되물으니 억울함이 치밀었다. 나만 쟤를 알아차리고 나만 쟤를 신경 쓴다. 나는 네가 수상해도 그만큼 네가 좋아서 이렇게 다가가려 노력하는데, 네가 포기한 것보다는 내가 포기한 것이 훨씬 많을 텐데. 뭐라도 알아내기나 했으면 몰라. 단서 하나 없다. 이이월은 여전히 굼벵이처럼 일하고 이렇게 바보 같은 말이나 내뱉을 뿐이고. 순간 이게 뭐 하는 짓인가 싶었다. 나는 이이월을 의심하는 걸까 믿고 싶은 걸까? 어쩌면 그 둘 다.

"응. 돌아올 거야. 분명히."

조금 솔직해지자면 이이월이 그렇게 말해 줘서 좋았다. 이모가 돌아올 것이라고 말해 준 사람은 이이월이 처음이었다. 모두들 이모가 죽었을 거라고. 돌아오지 않을 테니 찾기를 포기하라고만 말했다. 주영마저도 그에 관해서는 입을 다물었다. 이이월에게 그 말을 들었을 때 외롭지 않은 기분이 들었다. 이이월이 무슨 생각으로 답했던 건지는 모르지만 말이다.

그래서 기대하게 된다. 이월의 답변에 신경을 곤두세우게 된다. 그런데 너는 나한테 궁금한 게 고작 그따위란 거지. 내가 궁금한 건 존나 많은데 이이월의 태도는 그런 내 마음의 발끝에도 못 미치는 것 같다. 그래서 심통을 부렸다.

"친구도 없는 주제에."

이월이 삽질을 멈추고 나를 바라봤다. 나는 이월 옆에 주저앉아 개가 눈 더미에서 애써 분리해 놓은 플라스틱과 재활용품들을 모조리 뒤집어엎었다. 모아 놓은 것들이 요란한 소리를 내며 튕겨 나가자 이월의 무표정한 얼굴이 살짝 구겨졌다. 그건 좀 마음에 들었다.

"너한테 말 걸어 주는 건 나뿐이라고. 알지? 잘해."

"뭘 잘해?"

너무 무구한 목소리라 할 말이 없었다.

"몰라. 알아서 잘해. 그런 건 네가 생각해야지."

우리는 잠시 눈을 마주했다. 여전히 이이월의 눈에는 의문이 담겨 있었다. 그리고 나 역시 알지 못하는 일렁임을 담은 채로 그 이월을 보았다. 문득 내 갈라진 손끝으로 부드러운 것을 만지고 싶어졌다. 나는 마른 나무 같은 손을 몇 번 쥐었다 편 뒤 내가 흩뜨린 이월의 일감을 다시 주워 담으며 말했다. 내 마지막 보루.

"나한테 네 사진이 있어."

함께 플라스틱을 줍던 이월이 드물게 빠른 반응을 보였다.

"사진?"

"응. 기억 안 나? 우리 졸업식에서 같이 사진 찍었잖아."

"기억나."

"의외다. 난 너 기억 못 할 줄 알았어. 아무튼 나 이번 주 금요일에 외출할 테니까 집 가서 그 사진 가져올게. 나한테 잘하면 그 사진 줄 수도 있고."

"어떻게 잘해?"

"그걸 네가 생각하라고."

이월은 다시 할 일을 하기 시작했다. 얼마 지나지 않아 멀리서 주영이 휴식 시간이라며 손을 흔들었다. 나는 다시 한번 이월과 눈을 맞추며 경고하듯이 말했다.

"요새는 인화해 주는 사진관이 없어서 필름 사진은 가지고 싶어도 못 가져. 알지?"

이월은 의문이 가시지 않은 얼굴로 고개를 끄덕였다. 뒤돌아 주영에게로 가는 길, 계속 포도 향이 맴돌았다.

*

그리고 금요일이 되었다. 이월은 급식실 1인 테이블에 앉아 젓가락으로 콩자반을 뒤적이고 있었다. 가만 보니 식판에 음식이 거의 그대로였다. 음식을 어느 정도 비웠을 때 다가가려고 했는데 먹지는 않고 젓가락질만 해 대는 게 답답해 결국 맞은편에 의자를 빼고 앉았다. 이이월이 눈을 동그랗게 뜨며 놀란 표정을 지었다. 하여간에 이상할 만큼 잘 놀라는 애, 라고 생각하며 입을 열었다.

"나 오늘 센터를 떠나."

이월은 나를 흘깃 보더니 다시 콩자반으로 시선을 옮겼다. 그러고는 이내 뻔하다는 듯이 중얼거렸다.

"집에 가는구나."

"안 속네."

"네가 말해 줬으니까. 기억해."

"너는 집에 안 가?"

이월이 미간을 약간 찌푸렸다. 나는 집요하게 그 애의 표정을, 근육의 움직임을 유심히 관찰했다.

"그런데 정말로 넌 여기 왜 온 거야? 궁금해서 그래."

"……."

"말 안 해 줄 거면 같이 갈래? 우리 집."

진심으로 하는 말은 아니었다. 나는 그냥 태연해 보이는 이월이 약 올랐고, 여느 때처럼 되도 않는 소리를 지껄여서 반응을 끌어내고 싶었을 뿐이다. 이월이 젓가락질을 멈추고 나를 빤히 바라보았다.

"외출 신청받는 거 점심시간까지야."

이월은 말도 안 되는 소리를 들었다는 듯이 대꾸조차 않더니 거의 손도 대지 않은 식판을 들고서 뒤돌았다. 내가 뒤에서 더 먹으라고 외쳤지만 들은 척도 하지 않았다.

"싫으면 싫다고 말을 하든가."

외로운 귀가가 되겠구나. 이모도 없는 집에 홀로. 나는 일부러 크게 중얼거리며 돌아섰다. 이월이 들었는지는 모르겠다. 이상하게 짜증이 치솟았다. 저번처럼 이이월의 작업대를 엉망으로 만들어 놓고 싶었는데 이제 그 애와는 접점이 없었다. 그리고 저녁까지 이월을 보지 못했다.

퇴근 후 짐을 싸서 로비로 나가니 리무진 버스가 기다리고 있었다. 아슬아슬하게 도착한 나를 확인한 감독관이 명단에 체크를 했다. 뛰어들 듯이 버스에 올라탔다. 이미 다른 외출자들은 전부 자리에 착석한 후였다. 빈 의자를 찾아 버스 안을 배회하던 내 시선이 어느 한곳에 가닿았다.

"늦었네."

너무 앞이라 오히려 눈에 띄지 않았던 운전석 바로 뒷자리. 목까지 저지를 올려 턱을 감춘 이월이 비어 있는 옆자리를 톡톡 치며 말했다.

"여기 말곤 자리 없어. 다 나랑은 안 앉으려고 하더라."

갑자기 가슴이 무거워졌다. 제멋대로 막 떨렸다. 나는 아무렇지도 않은 척 옆자리에 엉덩이를 붙였다. 하지만 화끈거리는 귓바퀴와 광대만큼은 감출 수가 없었다. 이월은 자리에 앉은 나를 한 번 쓱 보고는 고개를 돌려 창밖을 보았다. 버스가 달리기 시작했다. 나는 그 애의 뒤통수를 뚫어져라 응시했다.

메고 온 배낭을 무릎 위에 놓고 껴안았다. 무슨 말을 건네야 할까. 어떻게 여기 있냐고? 아니면 관심 없는 척 업무적인 내용? 나는 괜히 부르튼 입술만 괴롭혔다. 주영이 준 립밤을 바르고 올걸. 생각이 마구 뒤섞였다. 평소에는 잘만 내뱉던 헛소리조차 나오지 않았다. 얼마 전의 폭설로 인해 균열이 생긴 도로를 달리는 버스가 한 번 크게 흔들렸다. 그 순간 이월이 불쑥 나를 바라보았다. 빠르게 지나가는 창밖의 퀴퀴한 풍경 따위는 전혀 눈에 들어오지 않았다. 그 애의 시선에 못 박힌 것만 같았다. 이월이 물었다.

"집에 가면 사진 볼 수 있는 거야?"

"사진? 아, 그 필름 사진?"

"응."

그렇지? 그렇게 되묻듯이 이월이 고개를 약간 기울였다. 나는 이월의 머리로 팔을 뻗었다. 정확히는 검게 뿌리가 자라나기 시작한 정수리 아래로, 하늘거리는 밝은색의 옆머리로. 손가락에 닿는 느낌이 부드러웠다. 결이 상해서 힘이라곤 없는 머리카락이 내 심장을 마구 간질이는 것 같았다. 그래서 마구 헝클였다. 졸지에 머리가 산발이 된 이이월이 낭패라는 얼굴로 나를 보았다. 나는 옆머리를 이월의 귀 뒤로 넘겨 고정하며 비죽이는 입꼬리를 숨기지 않고 답했다.

"그래."

버스는 한 시간가량을 달렸다. 원래는 30분이면 충분한 거리인데 눈 때문에 지나갈 수 없는 길을 피해 달리다 보니 한참이 더 걸렸다. 백영시는 여전히 하얗게 황폐했고, 황폐한 바깥을 보는 것도 지친 우리들은 점점 말이 없어졌다. 버스는 고요하게 달렸다. 창틈과 버스의 틈새 곳곳으로 도시의 건조한 공기가 스며들었다. 피부가 바싹바싹 메마르는 듯했다. 머리가 지끈거리기 시작했다. 그러다 어느 순간 잠이 들었다. 중간에 잠시 눈을 떴을 때 나는 이월의 어깨에 기대서 침을 흘리고 있었고, 이이월은 창틀에 머리를 박은 채였다. 버스가 덜그럭거리며 내가 살던 동네 앞에 멈춰 섰다. 이모와 마지막으로 껴안았던 바로 그 지점이었다.

문득 심장이 추를 매단 것처럼 무거워졌다. 내가 이래도 되는 걸까? 나는 지금 들뜬 건가? 내가 들떠도 되는 걸까? 내가 그동안 집에 들렀던 이유는 오로지 이모의 흔적을 찾으려, 지푸라기같이 작은 단서라도 찾기 위해서였는데 오늘은 오는 길 내내 이모에 대해 한 번도 생각하지 않았다. 스스로의 무심함이 끔찍했다.

꼭 이모를 배신한 기분이었다. 비겁하고 이기적인 도망자가 된 기분이었다. 언젠가부터 분노와 후회 외의 감정에는 늘 죄책감이 뒤따랐다. 그 올가미 같은 기분에서 벗어나 들뜨고 싶었다. 내 감정을 있는 그대로 느끼고 받아들이고 싶었다. 멀리서 바람이 불어왔다. 공허한 거리를 통과하며 내는 소리가 비명 같았다. 어디선가 이모의 목소리가 들리는 것만 같다. 약발이 떨어진 것처럼 기분이 가라앉았다. 동네에서 내린 건 나와 이이월뿐이었다. 우리는 가로등 하나 없는 골목을 걸어 집으로 향했다. 곳곳이 무너지고 깨진, 쓰레기에 뒤덮인 붉은 벽돌집들을 지나자 페인트칠이 벗겨진 낮은 아파트가 나타났다. 내부로 들어서기 직전 나는 뒤돌아서 저 아래를 내려다보았다. 지대가 높은 곳이라 꽤 멀리까지 보였다. 나와 이월이 다녔던 중학교가, 그리고 센터가 보였다. 환하게 빛나는 센터와 소각장을 제외하고는 모든 것이 눈에 뒤덮여 희미했다.

나는 아무도 없는 집의 문을 열었다. 싸늘한 공기가 나를 서럽게 맞았다. 마지막으로 집에 들렀을 때, 단서를 찾기 위해 집을 온통 뒤집어엎었던 그 상태 그대로였다. 발 딛을 곳 하나 없이 난장판이어서 조금 민망해졌다. 일단 이이월을 소파에 앉히고 불을 켰다. 다행히 아직 전기는 들어왔다. 거실의 형광등 하나가 불안하게 깜빡거렸다. 나는 이이월을 향해 말했다.

"잠시만 앉아서 기다려."

방에 들어가서 서랍을 뒤졌다. 노란 봉투 안에 든 사진을 꺼내는데 구석에 박힌 중학교 졸업 앨범이 함께 보였다. 우리의 마지막 졸업 앨범. 아, 이이월은 고등학교에 갔을지도 모르지만. 발견한 이상 그냥 지나칠 수 없어 사진과 앨범을 함께 챙겨 나왔다. 이이월은 어정쩡하게 앉아 있었다. 그 자세가 하도 어색해서 앨범을 내려놓으며 물었다.

"너 친구 집 와 보는 거 처음이지."

"응."

"그럴 줄 알았어."

이이월의 시선이 내가 내려놓은 것들을 향했다. 이이월의 다리 옆으로 소파에 기대어 앉았다. 그리고 봉투 안의 사진을 꺼냈다. 해가 들지 않는 곳에 두었는데도 빛이 누렇게 바랬다. 그 안의 이월은 누가 봐도 어색했고, 당연하게도 앳되어 보였다. 변한 게 그다지 없다고 생각했는데 분위기가 많이 달랐다. 나는 사진을 든 팔을 쭉 뻗어 이이월의 옆에 두었다. 뿌리가 많이 자라고 얼굴의 윤곽이 뚜렷해졌다는 것만 빼면 그대로였다. 이이월이 손을 뻗어 사진을 집었다.

"나, 봐도 돼?"

나는 고개를 끄덕였다. 이이월은 사진을 아주 오랫동안 바라봤다. 뭐 저렇게 볼 게 있나 싶을 정도로 뚫어지게. 나는 그런 이이월을 바라봤다. 이상하지. 눈이나 센터, 실종, 그런 게 다 아주 먼 이야기 같았다. 지금 이 순간은 꼭 방과 후 집에 친구를 데려온 것 같다. 눈앞에는 이이월이 있고, 해가 진 후에 이모와 엄마가 퇴근하고, 함께 밥을 먹고, 이월과 늦게까지 텔레비전을 보고 놀다가 다음 날 함께 등교하는 일상. 진짜였으면 좋겠다고 생각했다. 하지만 고개를 돌렸을 때 보이는 건 폐허가 된 아파트 단지. 나는 현실로 곧장 끌어 올려졌다. 이모가 보고 싶다. 그 고집 센 얼굴을 마주하고 투정 부리고 싶다. 계속 사진을 보던 이이월이 내 쪽으로 고개를 돌렸다. 우리의 얼굴이 서로 무척 가까웠다. 이월이 뭐라고 입을 열려는 찰나 내가 먼저 물었다.

"너, 우리 이모 본 적 있어?"

이이월이 입을 다문다. 엄지손가락에 나머지 손끝을 꾹꾹 눌러 댄다. 나는 좀 더 확신을 담아 다그쳤다.

"알지? 유진. 만난 적 있어?"

이이월이 간신히 입을 뗐다.

"아니. 몰라."

나는 시선을 돌렸다. 뭔가를 놓치고 있는 기분이었다. 머릿속이 뒤죽박죽이었다. 무릎 사이에 얼굴을 숨기고 중얼거렸다.

"왜 하필? 그런 생각이 드는 게 너무 많아."

이이월은 다시 사진으로 시선을 옮기며 별것 아니라는 듯이 대꾸했다. 여전히 손끝을 꾹꾹 누르면서.

"원래 세상은 그런 거야."

이이월은 더 이상 말하지 않았다. 죄책감은 사람을 이상하게 만들어서 자꾸만 이월을 다그치게 된다. 발바닥에 박힌 유리조각처럼 한 발 한 발 내디딜 때마다 나를 아프게 찌른다. 빼내려면 바닥에 주저앉아 내 가장 밑바닥을 들여다봐야 하는데 잘 빠지지도 않는다. 그렇게 내 신체의 일부가 되어 곪아갈지도 모른다. 죄책감은 어떻게 해야 없앨 수 있는 걸까? 나는 언제쯤 자유로워질 수 있을까? 망한 세상에서 다시 시작할 수 있다면, 다시 시작해야만 한다면 좋은 것들만 생각하고 싶다. 이월에게 우리 이제 친구인 거지? 그런 속없는 질문 따위나 하고 싶었다. 하지만 나는 끝내 입을 열지 못했다. 가라앉은 분위기를 뒤로하고 졸업 앨범을 펼쳤다. 기억나는 얼굴도, 전혀 기억나지 않는 얼굴도 있었다. 내가 속해 있던 3반으로 넘어가자 제일 먼저 보이는 건 담임이었다. 좋은 기억은 없었지만 그는 뭘 하며 살고 있을지 궁금했다. 네모난 프레임 속에 어색하게 자세를 취하고 있는 나는 딱 그 나이답게 어설프고 해맑아 보였다. 한 장을 더 넘겼다. 이이월은 4반이었다. 백지장 같은 얼굴이었다. 질끈 묶은 머리 밑으로 지푸라기 같은 잔머리가 삐져나와 있었다. 어정쩡하게 렌즈를 바라보는 모습이 나와 많이 다르지 않았다.

우리는 말없이 사진을 보았다. 둘 사이에 접점이 없었으므로 나눌 말은 많지 않았다. 간혹 선생님이나 우리 반 부반장이었던 애를 가리키며 너 얘랑 싸웠었지? 이 선생님 좋아했어? 나는 싫어했어. 나는 그냥 선생님들 대부분 다 싫어했다, 따위의 대화를 주고받을 뿐이었다. 거의 내 혼잣말에 가까웠다. 그렇게 어느새 마지막 장이 되었다. 학교의 임원과 관리자들 사진이 모여 있었다. 그중 제일 마지막 장에 있는 여자의 사진을 가리켰다. 여자는 지금껏 나온 어떤 이들보다도 세련돼 보였다. 사진 아래에는 이사장, 정지수. 석 자가 적혀 있었다.

"잘 계셔? 되게 멋있다."

이월의 표정이 미세하게 굳었다. 나는 그 틈을 놓치지 않고 파고들었다. 할 수 있는 건 해야 한다는 마음으로.

"스노볼 모으는 게 취미라고 하셨잖아. 나 다음에 한번 만나게 해 주면 안 돼? 이모 트럭에서 스노볼이 나왔는데 유일한 단서야. 뭔가 아실지도 모르잖아."

"스노볼?"

"응. 우리 이모는 그런 거 가지고 다니는 성격이 절대 아니거든. 그런데 나오니까 이상하지. 그러니까……."

이이월이 내 말을 자르고 답했다.

"못 만나. 죽었어. 내가 묻어 드렸어."

까맣고 깊은 눈이 나를 직시했다. 나는 할 말을 잃고 입을 다물었다. 이이월이 먼저 화장실 위치를 물으며 소파에서 일어섰다. 나는 내 방 옆의 문을 가리켰다. 이이월은 화장실에 들어가서 아무런 기척이 없었다. 물을 내리는 소리도 씻는 소리도 나지 않았다. 설마 수도가 끊겼나. 그럴 수도 있겠다.

나는 다시 이사장의 사진을 바라보았다. 이월과 닮은 듯 닮지 않았다. 얼굴은 전혀 달랐는데 특유의 약간 우울하고 몽롱한 분위기가 비슷했다. 그리고 한 장을 더 넘겼다. 관리자 명단의 연락처가 기입되어 있었다. 별생각 없이 앨범을 덮기 직전 익숙한 숫자의 나열이 내 시선을 사로잡았다. 이사장의 업무용 연락처. 열한 자리 핸드폰 번호.

나는 서둘러 가방을 뒤져 이모의 수첩을 꺼냈다. 그리고 마지막 순간 이모와 통화했던 번호를 확인했다. 이사장의 연락처와 일치했다. 심장이 거세게 뛰기 시작했다. 화장실 문이 열리고 세수를 한 듯한 이월이 걸어 나왔다. 아직 물탱크에 물이 남아 있는 모양이었다. 나는 애써 표정을 유지한 채 앨범을 닫았다. 탁, 타닥, 눈송이가 창문을 치는 소리가 났다.

자리에서 일어나 커튼을 걷었다. 눈이 쏟아졌다. 보석처럼 반짝이는 눈송이들. 라디오에서는 주말 사이에 큰 눈이 있을 거라고 예보했다. 가짜 눈은 예측할 수 없었으므로 진짜 눈을 말하는 것일 테다. 지금 내리는 건 가짜 눈일까 진짜 눈일까?

베란다 문을 열어 눈송이 몇 개를 받았다. 어떤 것은 녹았고 어떤 것은 녹지 않았다. 손바닥 위로 울긋불긋하게 발진이 일었다. 어느새 옆으로 다가온 이이월이 뭔가를 건넸다. 플리마켓에서 사 간 보습제였다.

"부은 곳에 그거 발라."

캐릭터가 그려진 케이스의 뚜껑을 열자 포도 향이 코끝을 간질였다. 건조한 공기 때문인지, 아니면 하도 씹어 댄 탓인지 허옇게 각질이 일어난 입술에서 피 맛이 났다. 나는 바짝 말라 가는 입을 끝내 다물었다. 다음에, 내일, 아니 며칠만 더 있다가 천천히 물어보자. 지금 이렇게 단 둘이 있을 때보다는 주영이도 가까이에 있고 그럴 때. 그래도 늦지 않을 것이다. 어차피 우리에겐 돌아가야 할 센터가 있으니까.

그날 밤, 나는 내 방에서 자고 이이월은 소파에 담요를 깔고 잤다. 새벽이 되도록 잠이 오지 않았다. 이월의 엄마는 죽었고, 이모는 사라졌다. 둘은 일이 벌어지기 전 몇 번이나 통화를 나눴다. 이이월은 뭔가를 알고 있는데 숨기는 것 같았다. 그러면서도 내가 다가가면 피하지는 않는다. 너무 쉽게 따라 움직이고 가만히 나를 관찰한다. 내 얕은 상상력으로는 어찌 된 일인지 짐작조차 할 수 없다. 잠들지 못하고 계속 뒤척였다. 그건 이이월도 마찬가지였는지 오래된 소파의 스프링이 삐걱이는 소리가 들려왔다.

사실 물어보면 될 일이었다. 네 엄마와 우리 이모가 전화를 했었어. 무슨 일인지 알아? 엄마는 왜 돌아가셨어? 언제? 어쩌다가? 너는 왜 여기에 온 거야? 그 애가 먼저 입을 열 때까지 기다리고 싶다가도 멱살을 붙잡아 흔들며 외치고 싶기도 했다. 넌 뭐야? 도대체 뭐야? 그런데 왜 물어보지 않는 걸까? 제일 강력한 단서를 눈앞에 두고 왜? 내 마음부터 알 수가 없어 생각이 길을 잃었다.

그렇게 찝찝한 상태로 밤을 보냈다. 아침 일찍 일어나 냉장고에 남아 있던 통조림과 레토르트 죽으로 배를 채웠다. 밤새 눈이 많이 내렸다. 옷을 챙겨 입고 얼굴을 가리고 나와 한 발을 내디뎠다. 진짜 눈이 함께 내려서 뽀드득거리는 소리가 좀더 컸고, 옷감 너머로 냉기가 느껴졌다. 마스크를 쓴 틈새로 입김이 나왔다.

우리는 버스에서 내렸던 지점으로 향했다. 리무진 버스가 도착하려면 10분가량이 남아 있었다. 내 손에는 종이봉투가 들려 있었다. 졸업 앨범과 사진들, 그리고 몇 가지 먹을 거리들을 챙겼다. 이번 주 플리마켓에 빠진 탓에 주영이 잔뜩 삐졌기 때문이다.

이이월의 시선은 계속 내가 든 갈색 봉투에 가닿았다. 사박사박, 발을 내디딜 때마다 기분이 좋아지는 소리가 났다. 나는 추운 게 좋았다. 더운 것보다는 추운 게 좋다. 더워서 땀이 흐르면 닿는 게 싫어진다. 내 몸끼리 닿는 것도 싫다. 하지만 추우면 온기를 보다 확실히 느낄 수 있었다. 곁에 남아 있는 이의 존재를 귀찮아하지 않고 실감할 수 있는 겨울이 좋았다. 나는 이이월을 바라보며 말했다.

"사진은 안 줄 거야."

나는 앞만 보고 걸었다. 저 멀리 기둥이 휜 정류장 표지판이 보였다. 리무진 버스가 다가오고 있었다. 나를 바라보는 그 애의 시선을 느꼈다. 하지만 돌아보지 않고서 말했다.

"네가 알고 있는 걸 전부 나에게 말한다면 그때 줄게."

이월은 답하지 않았다. 그 침묵이 부정인지 긍정인지는 알 길이 없었다. 기숙사에 돌아와서 우리는 각자의 방으로 향했다. 그렇게 일주일이 흘렀다. 이월은 여전히 말이 없었다.

*

일주일 동안 화풀이하듯이 눈을 퍼냈다. 이월이 입을 닫은 지 사흘째 되는 날부터는 그 애가 정말 아무것도 모를 가능성에 대해서 생각했다. 한집에 산다고 모든 걸 공유하는 것은 아니니까. 어쩌면 이월은 정말로, 아는 게 없어서 나에게 말할 수 없는 게 아닐까. 물론 그건 추리보다는 내 바람에 가까웠다. 하지만 그렇다 하더라도 이렇게 하루아침에 거리를 두는 건 말이 안 된다. 생각을 계속할수록 나에게 솔직하지 않은 이월에게 화가 났고, 내가 그 애에게 별것 아닌 존재일까 봐 불안해졌다. 내 모든 신경은 이월에게 쏠려 있었다. 꼭 주인에게 관심 받고 싶어서 안달 난 강아지가 된 것 같았다.

일주일의 마지막 근무인 금요일에는 결국 삽을 부러뜨리고야 말았다. 험하게 쓴 물건이라 이음새가 원래도 헐거웠는데, 죽어 딱딱해진 들개가 묻혀 있는 줄 모르고 무식하게 박아 넣었다가 아예 망가진 것이다. 월요일에 매니저에게 아쉬운 소리를 할 생각에 심란함은 배가 되었다. 삽 머리가 나갈 때의 충격으로 손목이 시큰거렸다. 이런 것도 다 이이월 때문이었다.

새 삽을 발급받기 위해 장비실로 가는 길이었다. 왼쪽 손목을 문지르며 걷는 내 앞을 누군가 막아섰다.

"다친 데는 없어?"

방독면 안쪽의 눈이 익숙했다. 이월이었다. 이월이 부어오른 내 손목을 향해 팔을 뻗었고, 나는 그 손을 쳐냈다. 자존심이 상했다. 고작 그 한마디에 기분이 풀어지는 나 자신이 한심해서. 이월은 허공에 어정쩡하게 놓인 손을 거두고는 말했다.

"토요일 저녁에 기숙사 창고에서 만나."

"할 얘기가 있으면 지금 해."

"줄 게 있는데 지금은 없어."

나는 이월을 바라보았다. 목소리가 제멋대로 튀어나왔다.

"너 진짜 별로야."

그렇게 이월을 지나쳤다. 짜증 나고 재수 없는 이이월. 사람을 아주 우습게 알지. 내내 말도 안 붙이다가 갑자기 줄 게 있다고. 이제 나는 아마 토요일 저녁까지 이 생각만 할 것이다. 이월이 주겠다는 게 뭔지 두려웠다. 알고 있는 걸 전부 말하라고 한 건 나였는데 알고 싶지 않기도 했다. 사실 한동안 이월과 그랬던 것처럼 실없는 이야기나 하고 싶었다. 길 잃은 마음이 도착한 곳은 겨우 이런 작은 바람이었다. 토요일 저녁 이후에도 그게 가능할지는 확신할 수 없었다. 지금은 그게 가장 두려웠다.

손목의 붓기가 심해서 아무래도 장비실보다 보건실을 먼저 가 봐야 할 듯했다. 내 기분이 저 밑바닥으로 처박히는 와중에도 센터는 부지런히 돌아갔다. 금요일 밤의 플리마켓도 어김없이 진행되었다.

토요일 아침에는 눈이 일찍 떠졌다. 잠을 거의 자지 못했다. 이월과 약속한 저녁 9시까지 열두 시간. 시간은 끔찍할 만큼 느리게 갔다. 결국 초조함을 참지 못하고 강당을 세 바퀴쯤 돌았다. 땀을 흘리며 방에 돌아왔더니 늦잠을 잔 주영이 이불을 뒤집어쓴 채 일어나 인사했다.

"좋은 아침."

바닥에는 저번 주에 내가 집에서 가져온 감자칩 봉지가 굴러다녔다. 이모가 고물상 유 씨의 마트 물량을 배달하면서 하나둘씩 집으로 가져다 둔 것이었다. 불과 일주일 전의 외출이 그리워졌다. 내 표정을 살핀 주영이 새 콘칩을 뜯으며 말했다.

"너 진짜 무슨 일 있어? 이번 주 내내 이상해. 원래도 이상했는데 더 이상해."

나는 이사장과 번호에 관한 걸 말할까 말까 잠시 고민했다. 하지만 주영에게 말한다고 크게 달라질 것 같지는 않았다. 답이 없자 주영이 침대에서 내려왔다. 그가 후리스를 걸쳐 입으며 나를 일으켜 세웠다.

"휴게실 가서 핫초코나 마시자. 새 우유가 들어왔대."

주영을 따라 재킷을 걸쳐 입고 방을 나섰다. 토요일인지라 텔레비전이 있는 휴게실에는 평소보다 사람이 많았다. 다들 저마다 취미를 즐기거나 삼삼오오 모여 대화를 나누고 있었다. 주영이 핫초코를 받아 오겠다며 매점으로 향했고, 나는 빈자리를 잡고 앉아 있었다. 여느 때와 다름없이 창밖으로 조형물과 설원이 보였다. 눈이 많이 쌓여서 월요일에 업무량이 과할 듯했다. 혹시나 싶어 주위를 돌아보았지만 이이월은 없었다. 나는 멍하니 앉아 채널이 몇 개 없는 텔레비전을 바라보았다. 센터에서 지정해 준 몇 가지 채널이 돌아가면서 나왔다.

주영이 조그마한 잔에 받아 온 핫초코를 건넸다. 손바닥이 뜨끈하게 달아오르자 일주일 전 이이월이 나에게 보습제를 건네준 일이 떠올랐다. 발갛게 부어올랐던 손등과 손바닥이 금세 가라앉아 있었다. 손에서 아직도 포도 향이 나는 것 같았다. 주영이 새로 만든 보습제 겸 립밤이라며 틴 케이스를 주르륵 늘어놓았다.

"네가 조언 좀 해 줘. 뭐가 제일 좋은 것 같아? 이번에 레시피를 바꿨거든. 재료가 오래된 거라 그런가, 지금까지 만든 건 일주일만 지나도 냄새가 바뀌어서."

주영은 순전히 이걸 위해 눈 더미에서 분리한 재활용품들 중 틴 케이스를 골라 훔치는 수고를 감수했다. 그 열정이 대단했다. 나는 주영이 늘어놓은 것들을 차례로 발라 보며 느낀 점을 말해 주었다. 주영은 열심히 받아 적었다. 주영과 있으니 지독히 느리던 시간도 금방 흘렀다. 유독 주말이 빠르게 지나가는 건 눈이 내리기 전에도 후에도 마찬가지였다. 해가 떨어지자 또 눈이 내리기 시작했다. 텔레비전의 채널은 어느새 다음주 날씨를 예고하는 뉴스로 돌아가 있었다. 힘없는 목소리의 아나운서가 예보를 읊었다.

다음주는 외출을 삼가셔야겠습니다. 오늘 새벽부터 많은 눈이 예상됩니다. 강설량은 평균 20센티미터에 이를 것으로 보입니다. 눈사태 위험이 있는 지대에 거주하시는 분들은 대피 동선을 확인하시기 바랍니다. 다음은 속보가 있겠습니다.

가만히 뉴스를 듣던 주영이 중얼거렸다.

"오늘 내일 일하는 야간조는 조심해야겠네……. 눈이 너무 많이 와."

아나운서가 바뀌었다. 뉴스는 지난 며칠 새 있었던 사건 사고를 내보냈다. 나는 별생각 없이 화면을 응시했다. 지직거리는 화면 안에 익숙한 건물이 나오고 있었다. 낮은 디근 자 모양 건물, 한자로 적힌 비석과 비쩍 마른 가로수 길. 백영중학교였다. 나는 하던 일을 멈추고 뉴스에 집중했다.

지난 7일, 서울의 가정집에 무단 침입해 금품을 훔치고 달아난 박 씨가 도주 중 사망했습니다. 박 씨는 백영시의 폐쇄된 중학교 건물에서 일행들과 함께 생활한 것으로 보이며, 인근 지역에서 강도 범죄를 일삼아 생계를 유지했던 것으로 추측됩니다. 박 씨가 일당들과 생활하던 학교 건물에서는 한 구의 시신이 발견되었습니다.

주변의 소음이 사라지고 아나운서의 목소리가 나를 집어삼켰다. 다음에 나올 말들을 나는 초조하게 기다렸다.

시신의 신원은 학교 이사장이었던 정 씨로 밝혀졌으며, 시신 주위에서 발견된 수십 개의 스노볼과 박 씨 일당 사이의 관계에 대해서는 알려진 바가 없습니다. 박 씨는 도주 중 눈사태에 휩말려 사망하였고, 남은 일당은 현재 도주 중입니다. 경로 예측 결과 해안도로를 따라 남쪽의 강해 지역으로 이동 중인 것으로 추정됩니다. 인상착의와 몽타주를 공개할 예정이니 시민 여러분은 주목해 주시기 바랍니다.

화면에 몇 가지 짧은 장면이 비쳤다. 눈에 휩싸인 백영중학교, 침낭이 널브러진 급식실, 김 씨 노인의 육포 박스, 의자에 걸쳐진 내 담요, 파헤쳐진 후정, 증거 물품 안에 든 스노볼들. 이이월이 말했었지. 엄마를 직접 묻어 주었다고.

나는 그대로 자리에서 일어나 휴게실을 뛰쳐나왔다. 그리고 이월의 방을 향해 달렸다. D 동 403호. 운 좋게 2인실을 혼자 쓴다고 했었다. 이이월은 아무리 문을 두드려도 나오지 않았다. 각자 방에서 쉬고 있던 직원들이 하나둘 복도로 나와 무슨 일인지 물었다.

"이이월 어딨어? 어딨는지 알아?"

어떤 직원 하나가 조심스레 답했다.

"걔 아까 출근했어. 원래 내가 오늘 출근인데 몸살 때문에 도저히 힘들 것 같아서 하루만 바꿔 달라고 했거든. 지금 소각장에 있을 거야."

소각장. 소각장으로 가야 한다. 그곳에 이이월이 있다. 나는 그대로 복도를 뛰쳐나갔다. 계단을 내려가 건물 밖으로 나갔다. 출근 버스가 오고 가는 시간이 아니었다. 마침 순찰을 도는 경비원 차량이 눈에 띄었다. 막 차에 오르는 경비원의 어깨를 붙잡아 뒤로 밀쳤다. 아저씨는 영문을 모른 채 널브러졌다.

"저 잠시만 빌릴게요."

그대로 차 키를 뒤져 차에 올라탔다. 문을 잠그고 시동을 걸었다. 너무 오랜만에 하는 운전이었다. 엔진이 돌아가기 시작하고 차가 진동했다. 경비원이 운전석 창문을 손바닥으로 마구 쳐 대며 욕을 지껄였다. 나는 앞만 바라보며 핸들을 쥐고 액셀을 밟았다. 차단봉이 올라가 있는 틈을 타 그대로 센터를 빠져나왔다. 제2소각장으로 달렸다. 빠르게 달릴수록 마음은 오히려 차분해졌다. 어떻게 해야 하지? 나는 어떻게 하고 싶은 거지? 일단, 하나는 확실했다. 물어봐야지. 이월에게 직접. 그 애의 목소리로 들을 것이다. 나는 눈앞의 일만 생각하기로 했다.

이월

센터에서는 늘 거대한 기계의 부품이 되어 움직이는 기분이었다. 이곳에서 나는 내가 아닌 상태로 존재할 수 있었다. 스스로 고민하지 않아도 일거리가 주어졌고, 정해진 일정을 끝내고 나면 진이 빠져 잡생각을 할 힘이 나지 않았다. 눈을 퍼내면 내 머릿속도 비워지는 것 같았다. 내 의지로 선택할 수 있는 게 없다는 건 내 선택으로 후회할 일도 없다는 뜻이었다. 지루한 수업을 듣는 것처럼 무료하면서 또 안락했다. 구내 식당의 흠집 난 식판이나 주말이면 사람이 바글바글한 매점 같은 걸 볼 때면 내가 제대로 누리지 못한 시간들을 다시 사는 기분도 들었다. 무엇보다 이곳에는 백모루가 있었다. 매일같이 온몸이 부르텄지만 이곳에 온 사실을 후회하지는 않는다.

백모루는 확실히 유진을 닮았다. 그래서 이상했다. 이름도 이상하고 생긴 것도 이상하고 하는 짓은 더 이상했다. 신기하게 어디서든 갑자기 나타난다. 갑자기 내 어깨를 붙잡고 눈을 마주치며 아는 척을 해 온다. 둔하기 짝이 없는 작업복을 입고 방독면을 쓴 탓에 다들 비슷해 보일 텐데 그중에서 나를 찾아내는 것이다. 그리고 귀찮게 굴지. 처음에는 멀리서 바라보다 열쇠고리를 전해 줄 생각이었는데 뜻대로 되지 않았다.

백모루가 나를 찾아내고 내 이름을 부를 때마다 갈등했다. 어디서부터 어디까지 말해야 할지를 몰랐다. 그 애가 나를 믿어 줄지도 확실치 않았다. 지금껏 나를 믿어 준 사람은 몇 없었으니까. 그렇게 생각하니 좀 무서워졌다. 백모루가 내 말을 믿지 않으면 어떡하지. 무수한 이들이 나를 믿지 않았지만 그 애마저 그럴 것이라고 생각하니 두려웠다. 그렇게 이도 저도 아닌 상태로 백모루의 곁에 머물렀다. 말을 걸면 대꾸하고, 건들면 반응하고. 가끔 유진에 관한 내용을 입에 올리기도 했다. 나는 매번 망설였다. 백모루가 절박하게 유진의 행방을 좇는 걸 보면 그날의 일을 알려 주고 싶다는 생각이 들었다. 하지만 또 따져 보자면, 나 역시 유진의 행방은 모른다. 별 도움도 되지 않고 알려 줄 수 있는 게 없었다. 매일 밤 키링을 보며 무력감과 함께 잠들었다. 백모루는 어릴 때 모습 그대로였다. 유진이 왜 그 사진을 골라 넣었는지 알 수 있을 정도로.

"내가 이모가 살아 있다고 믿는 이유가 뭔 줄 알아? 이모는 항상 백미러에 내 사진을 걸고 다녔어. 그런데 그게 없는 거야. 이모는 어디에 가든 그걸 항상 가지고 가. 그게 없다는 건, 이모가 챙겼다는 뜻 아니야? 그렇다는 건 어디론가 가고 있다는 거 아니냐고. 갔으면 돌아오겠지. 그럴 거야. 나에게 아무런 말도 없이 간 게 괘씸하지만, 기다려야지. 그리고 돌아오면 반겨 줄 거야."

이 말을 들었을 때, 나는 처음으로 침묵하는 쪽의 선택지를 떠올렸다. 백모루를 움직이게 하는 힘을, 그 믿음의 원동력을 빼앗고 싶지 않았다. 세상에는 잘못된 추측이나 신념으로 살아가는 사람들도 많다. 그들에게 그게 진짜인지 아닌지는 중요하지 않다. 그냥 믿는 게 중요한 것이다. 믿고 싶은 사실이 있다는 게 중요한 것이다. 유진이 언젠가 돌아올 것이라는 나의 믿음은 백모루와 같았다. 믿음은 같은데 모루의 근거를 굳이 내 손으로 깨고 싶지 않았다.

유진이 없는 유진의 집에 발을 들이는 건 묘한 죄책감을 불러일으켰다. 집주인이 돌아오지 못했는데 내가 여기에 들어와도 되나. 결국 또 아무 말도 못 하고 백모루와 함께 그 집에 들어갔다.

백모루가 내보인 필름 사진은 난생처음으로 가지고 싶다는 생각이 든 물건이었다. 그 사진 안에는 지금은 없는 것들이 너무 많았다. 눈이 쌓이지 않은 교정, 평화롭고 들뜬 분위기, 내 눈동자에 비친 웃는 백모루, 명청한 내 표정 같은 것. 나도 모르게 뚫어져라 쳐다봤더니 백모루는 아는 걸 다 말하면 주겠다고 말했다.

열일곱의 졸업식. 이제 와서 모루를 처음 만난 순간을 떠올려 보니, 모든 게 엉성하고 조악하기만 했다. 이제 알 길이 없어졌지만, 궁금하다. 그 애는 나를 처음 봤을 때 어떤 생각을 했을지. 무슨 생각을 하며 나에게 다가와 사진을 찍자고 했을지.

리무진 버스에서 내려 우리는 각자 방으로 떠났다. 방에 들어와 간만에 핸드폰을 켰더니 아빠에게서 전화가 몇 통 와 있었다. 메시지 창에도 뭐가 많이 쌓여 있었는데 읽기가 너무 귀찮았다. 가만히 누워서 아무것도 하지 않으며 그저 시간을 보냈다. 내가 돌아와 신난 하루만 침대와 책상을 뽈뽈거릴 뿐이었다.

내가 그날 유진과 함께 있었다는 사실을 알면 모루는 어떻게 반응할까. 화내고 욕을 할까? 아니면 아무 말도 없이 돌아서려나? 희망적인 반응은 상상하기 힘들었다. 내가 그날 유진에게 전화를 걸지 않았다면 유진은 강도와 사고에 휘말리지 않았을 테니까. 나를 숨겨 놓고 혼자 달리지도 않았을 것이다. 사라지지도 않았을 것이다. 백모루가 나를 원망할 것 같았다. 다시는 다가와 이름을 불러 주지 않을 것 같았다. 그 사실이 무엇보다 두려웠다. 새엄마가 그랬다. 스스로가 겁이 많은 인간이라는 걸 뒤늦게야 깨달았다고. 나 역시 내가 이렇게 겁이 많은 인간이라는 걸 이제야 깨닫는다.

일주일 내내 나는 모루에게 아무 말도 건네지 못했다. 내가 혼자 있으면 늘 먼저 말 걸어 주는 모루였는데, 이번에는 그러지 않았다. 하나 다행인 건 그 애가 나를 좇는 시선만큼은 아직 남아 있었다는 것이다. 여기서 더 늦는다면, 내가 입을 다문다면…… 저 시선마저도 사라질지 모른다. 그건 정말 싫었다. 내가 열쇠고리를 돌려주기로 마음먹은 금요일 오후, 백모루는 삽을 부러뜨렸다.

그렇게 토요일이 되었다. 쉽게 잠들 수 없는 밤이었다. 아침 해가 뜨는 것을 보고 난 뒤에야 겨우 잠든 탓에, 몸이 물에 빠진 것처럼 무거웠다.

누군가 문을 두드렸다. 백모루인가 싶어 바로 문을 열었는데 옆방을 쓰는 직원이었다. 감기에 걸렸는지 얼굴이 붉었다.

"저기, 내가 오늘 몸이 너무 안 좋아서 그런데…… 다음 주 평일이랑 하루만 바꿔 주면 안 될까? 다들 외출 나가서 바꿔 줄 사람이 없어."

조금 피곤했지만, 어차피 할 일도 없었고 혼자 누워 있어

봤자 잡생각만 많아질 것이므로 알겠다 답했다. 출근까지는 아직 시간이 남아 있었다. 작업복과 방독면을 챙기고 로비로 나갔다. 퇴근 후 모루를 만나려면 시간이 촉박할 것 같아 열쇠고리도 함께 챙겼다. 가는 길에 휴게실에 주영과 앉아 있는 모루를 보았다. 창가에 앉아 컵을 들고 홀짝이는 모습이 평화로워 보였다. 나는 괜히 기분이 좋아져서, 약간 들뜬 채로 버스에 올라탔다.

모루

어떻게 소각장까지 달렸는지 기억나지 않는다. 차에서 내린
후에야 내가 보호 장비도 뭣도 없이 맨몸이라는 사실이 떠올
랐지만 상관없었다. 하늘에서는 또 눈송이가 떨어지기 시작했
다. 간혹 차갑고 주로 따가웠다. 이이월은 어디에 있지. 설원을
큰 보폭으로 걸어 가로질렀다. 5번 굴뚝 아래에 직원들이 모여
눈을 퍼 나르고 있었다. 작업복이 아닌 차림으로 작업장에 나
타난 나를 직원들은 기겁을 하며 바라보았다. 피부가 퍼석거
리고 목이 가려웠지만 상관없었다. 나는 방독면 너머의 눈들
을 훑었다. 전부 사과 향뿐이었다. 내가 이이월이 어디에 있느
냐고 묻자 누군가 경계 근처에 있는 D 컨테이너를 가리켰다.
눈 속에서 발견된 시신들을 모아 두는 곳. 곧장 그쪽으로 향

했다. 눈발이 점점 거세졌다. 후리스를 코까지 올리고 눈을 가리기 위해 모자를 푹 눌러썼다. 소각장은 빌어먹게 넓어서 컨테이너까지 가는 데 한참이 걸렸다. 내가 걷는 자리마다 발자국이 생겼고, 새로 쌓이는 눈에 의해 금세 지워졌다. 저 멀리 컨테이너에서 나오는 회색의 인영이 보였다. 얼굴과 전신을 꽁꽁 가렸지만 알 수 있었다. 착각일지는 몰라도 어렴풋한 포도향이 코에 스몄다. 나는 달렸다. 이이월을 향해. 기척을 느꼈는지 이이월이 내 쪽을 응시했고, 나는 계속 달려서 그 애 앞에 도달했다. 목이 가렵고 숨이 차서 죽을 것 같았다. 이이월이 놀란 눈으로 나를 바라봤다. 정신없이 달려왔는데, 막상 얼굴을 보니 무슨 말을 해야 할지 알 수가 없었다. 질문이 너무 많아서 목구멍이 빼곡히 막혀 버린 것 같았다. 그런데 이제 와서 내가 진실을 안들 뭔가를 돌이킬 수 있을까? 아니면 다 그만두고 다 벗어나서 시작하려면 어떻게 해야 돼?

나는 눈앞의 이월을 응시했다. 이월이 나를 빤히 보더니 팔을 들어 방독면을 벗었다. 무채색의 가면 아래로 버석한 머리칼이 흘러내렸다. 검은 눈동자가 내 맨 얼굴과 손발에 닿았다. 그 애가 벗은 방독면을 내 머리 위로 씌웠다. 쓸데없이 다정한 게 짜증 나서 나는 이월의 손을 쳐냈다. 방독면이 눈밭 위를 굴렀다. 이이월의 얼굴 위로 눈송이가 떨어졌고, 금세 발진이 일어났다. 내 얼굴도 마찬가지일 터였다. 나는 숨을 가다 듣고 간신히 걸러 낸 한마디를 내뱉었다.

"나한테 준다고 한 게 뭐야?"

이이월이 작업복의 앞쪽 지퍼를 죽 내렸다. 가슴팍 부근의 안주머니를 뒤져 꺼낸 것은 이모가 늘 가지고 다니던 열쇠고리였다. 나는 떨리는 손으로 그것을 받아 들었다. 이월의 온기로 데워진 열쇠고리는 꼭 피부처럼 따뜻했다. 아마 지금 이곳에 있는 것들 중 유일하게 따스한 물건일 것이다. 나와 이월을 포함해서도. 나는 열쇠고리를 내 주먹 안에 가뒀다.

"이걸 왜 네가 가지고 있어?"

하늘이 뿌옇다. 눈은 오다 말다를 반복했다. 이월은 몇 번이나 입을 달싹였다. 그 애의 창백하고 울긋불긋한 얼굴에서 망설임과 두려움이 느껴졌다. 나 역시 같은 얼굴일 터였다. 나는 말없이 이월의 답을 기다렸다. 얼마든지 기다릴 수 있었다. 나는 늘 뭔가를 기다리지 않은 적이 없었다. 사라진 이모를, 말없는 이월을, 매 순간이 끝나기를 기다렸다. 사실 버티는 것과 기다림은 같은 말이다.

어디선가 지직거리는 소리가 들려왔다. 소각장 곳곳에 달린 방송용 사이렌이었다. 경보음이 울리더니, 갑작스런 폭설로 오늘은 작업을 종료한다는 방송이 흘러나왔다. 모두 철수 요망. 위험 경계 지역 접근 금지. 그때, 이월이 입을 열었다.

"그날 유진은 나랑 같이 있었어. 내가 명함을 보고 전화를

걸어서, 죽은 엄마가 잠들고 싶어 하는 곳까지 옮기는 걸 도
와 달라고 했어."

이이월은 언젠가 이런 순간이 올 것을 알고 있던 것처럼 준
비한 대사를 읊듯이 조곤조곤 말했다. 알아들을 수 없는 부
분도 있었고, 이해가 가지 않는 말들도 있었다. 어디부터 시작
이고 어디까지가 진실인지 그런 게 하나도 구별 가지 않았다.
하나 확실한 것은 이월은 이모를 만났고 이모에 의해 센터에
왔다는 것이다. 처음부터 다 알고 있었으면서 아무 말 없었다
는 것이다.

"그런데 왜…… 모른 척했어?"

눈송이가 점차 굵어졌다. 나는 할 말을 고르는 듯한 이월
을 향해 쏟아 냈다. 지금 나를 가득 채운 감정의 부스러기들
을 모두. 사실은 나도 망설였으면서 망설임의 대가를 모두 이
월에게 묻고 있었다.

"내가, 이모를 찾는 걸 알았잖아. 네 앞에서 이야기도 했어.
그런데 넌 감쪽같이 모른 척을 하고 있었단 거잖아."

이월이 변명했다.

"열쇠고리는, 꼭 돌려줄 생각이었어. 유진은…… 나에게 돌
아온다고 했어. 돌아올 거니까, 너한테 괜한 소리를 하지 말
라고 했어. 그게 다야. 정말이야."

우는 건 싫은데 눈물이 고였다. 입술을 깨물어서 가까스로

흐르는 걸 참았다. 그런데 왜 눈물이 나는지 모르겠다. 이월에게 배신감을 느껴서? 아니면 마법 같은 반전은 없다는 사실 때문에? 뉴스 자료 화면에서 보았던 강도들의 아지트에 있던 담요는 내 것이었다. 상상했던 최악이 맞아떨어지는 기분은 역시 끔찍했다. 이이월은 꼼짝도 하지 않았다. 마치 이럴 것을 알고 있었다는 듯이 가만히 그렇게 서 있을 뿐이었다. 나는 열쇠고리를 쥔 손에 힘을 주었다.

"돌아올 거라며. 돌아올 거라고 네 입으로 그랬잖아."

어느새 나는 울고 있었다. 그렇게 울기 싫었는데 여기까지 와서 구질구질하게 울고나 있었다. 휘날리는 눈송이가 더러워진 얼굴에 달라붙었고, 서럽게 따가웠다. 눈물이 나는데 따가우니까 또 더 눈물이 났다. 이이월이 팔을 뻗어 내 얼굴을 감쌌다. 그러고는 굴러간 자신의 방독면을 집어 들어 내 얼굴에 씌웠다. 나는 방독면을 쓴 채 중얼거렸다.

"난 진짜 네 말을 믿었어. 믿고 싶었어. 이모가 돌아올 거라고, 확신한 유일한 목소리였어서. 그렇게 말해 준 게 너밖에 없어서."

이월이 발진이 붉게 인 얼굴로 내 어깨를 껴안았다. 나만큼이나 떨리는 목소리로 그 애가 말했다.

"유진이 어디로 갔는지는 나도 몰라. 정말 몰라. 하지만 돌아올 거라고 믿고 있어. 그건 진심이야…… 계속 믿어. 믿어 줘."

나는 이이월의 등을 퍽퍽 쳤다. 이모와 싸웠을 때처럼 어떻게든 상처 입히고 싶었다. 이이월이 작아지는 목소리로 속삭였다. 미안해, 모루야.

고작 그 한마디 말에 내 안쪽을 가득 채운 혼란한 감정들이 희석되는 것을 느꼈다. 나는 이월을 바라봤다. 방독면을 나에게 넘긴 탓에 입술이 부르트고 피부에 화상처럼 상처가 번졌다. 눈은 계속 왔다. 갑자기 퍼붓듯 쏟아지고 있었다. 원래도 하얀 눈 소각장이 꼭 백야라도 된 것처럼 온통 하얗다. 이게 우리가 발붙이고 사는 세상이었다. 도시, 사람, 짐승, 쓰레기, 진실, 그런 것들도 결국엔 눈에 파묻히는 것이다. 어차피 우리가 마주하는 풍경은 같을 것이다. 온통 설원인 세상. 순간 이월이 쉽게 말하지 못했던 기분을 알 것 같기도 했다. 말해 봤자 뭐가 바뀌는데. 죽은 게 살아서 돌아오지도 않고 사라진 사람이 갑자기 나타나지도 않는다. 모르는 채로 행복한 게 뭐가 나빠. 변하지 않는 사실 같은 건 받아들일 수 있느냐 없느냐의 문제지, 중요한 게 아니다.

두 번째 사이렌이 울려 퍼졌다. 바람 소리에 기계음은 희미했다.

이월이 갑자기 입을 틀어막으며 마른기침을 내뱉었다. 장갑 위로 피가 비쳤다. 눈 속에 맨얼굴로 너무 오래 있었던 탓이다. 나는 이월에게 방독면을 돌려주기 위해 손을 얼굴로 가져

갔다.

　내가 그것을 벗지 못하게 막은 건 이월이었다. 이월은 충혈이 되어 토끼 눈처럼 빨간 얼굴로 고개를 저었다. 나는 욕설을 지껄이며 대신에 후리스를 벗어 건넸다. 안에 입고 있던 게 긴팔이라 괜찮을 듯싶었다. 이월이 답답하게 받아 들지를 않아서, 직접 그 얼굴에 둘둘 말아 눈이 닿는 것을 막았다. 이월이 또다시 기침했다. 후리스의 소매에 가려져 있던 내 손등에도 붉은 발진이 번졌다. 이월의 등을 때리면서 생긴 생채기에서 피가 흘렀다. 눈 위로 내 손등에서 흐르는 피가, 이월의 코와 입에서 흐르는 피가 붉게 번졌다.

　"우리 어떻게 하지?"

　누가 꺼낸 말인지 헷갈린다. 내가 물은 것 같기도 하고, 이월이 물은 것 같기도 하고. 이월과 엉켜 있는 채로 나는 주위를 둘러보았다. 쏟아지는 눈에 세상은 온통 하얗기만 했다. 춥고, 따갑고, 슬픈데 품 안에 온기가 느껴졌다. 꼭 그 애가 처음으로 손을 뻗었던 그날 같았다. 지금이 꿈이었으면 싶었다. 그리고 세 번째 경보음이 울렸다. 모두 철수 요망. D 컨테이너 부근 접근 금지.

　우리는 자리에서 일어섰다. 입술이 그새 터서 갈라졌다. 나란히 서서 사방을 둘러보았지만 아무도 아무것도 보이지 않았다. 종내에는 사이렌마저 들리지 않았다. 어쩌면 모두 떠나

버린 것일지도 몰랐다.

눈은 그칠 기미를 보이지 않았다. 문득 바닥이 진동했다. 우웅, 쿵, 꼭 엄청 커다란 북의 단면을 손등으로 두드리는 것처럼. 이월이 어딘가를 보고 있었다. 붉은 밧줄과 말뚝이 보였고, 그 너머로 설산이 보였다. 처음부터 설산은 아니었는데 설산이 돼 버린 산이었다. 꼭대기에서부터 느리게, 느린 듯싶더니 또 엄청 빠르게 눈이 흘러내리고 있었다.

경계를 넘어 사라졌다는 주 씨가 떠올랐다. 맹렬하게 달려오는 눈의 파도를 마주하니 피하는 건 아무 의미가 없다는 생각이 들었다. 스스로 저 흐름에 휩쓸리기로 한 마음을 알 것 같았다. 나는 그 자리에 못 박힌 듯이 섰다. 뾰족하게 솟아 있던 메마른 나무들이 꺾이고 거대한 그림자가 졌다. 그 순간이었다. 이월이 내 손목을 붙잡고 달렸다.

소리는 점점 커졌고, 그림자는 점점 다가왔다. 뛰는 게 무슨 소용인가 싶을 때쯤 이월이 D 컨테이너 박스의 문을 열고 나를 안으로 밀어 넣었다. 그다음으로 이월이 뛰어들었다. 그가 컨테이너의 문을 걸어 잠그기가 무섭게 흘러 내려온 눈이 컨테이너 박스를 덮쳤다. 몸이 붕 떠올랐을 때 이월이 나에게로 팔을 뻗어 왔다. 바닥이 크게 흔들렸고, 안에 누워 있던 죽은 것들은 저 구석으로 쏠렸다. 마치 보트 하나에 의지한 채 폭풍이 이는 파도를 건너는 것 같았다. 박스가 한 번 더 크게 흔들렸다. 밖에서는 천둥이 치는 듯한 소리가 났다. 우리도 함께 바닥을 굴렀다. 붙잡을 게 서로밖에 없었다. 서로 꽉 껴안은 채 온갖 것에 퉁겨지고 부딪혀 가며 견뎌 냈다.

그렇게 얼마나 흔들렸을까. 사위가 믿을 수 없게 고요해졌다. 꼭 소리가 사라진 세상처럼. 구르면서 머리를 어딘가에 부딪혔는지 정신이 멍했다. 눈을 떴을 때 죽은 듯이 눈을 감고 있는 이월이 보였고, 고장 난 환풍구 구멍 너머로 눈이 조금씩 스며들고 있는 게 보였다. 우리는 죽은 개와 고양이와 찾는 이 없는 시신에 뒤엉켜 누워 있었다. 나는 손을 들어 버석하게 부르튼 이월의 입술을 매만졌다. 거칠고 차가웠다. 하지만 그 틈에서 나오는 숨은 아직 따뜻하다. 다시 느리게 눈을 깜빡였다. 환풍기 구멍 너머로 눈이 스며드는 소리는 포근했고, 그 이외에는 어떤 소리도 들리지 않아서, 너무 조용해서, 걷잡을 수 없이 졸음이 쏟아졌다. 의식이 사라지기 직전 나는 이월과 설원을 질주하는 장면을 보았다.

이월

악몽이 아닌 긴 꿈을 꾸었다. 꿈에서 나는 하루의 배웅을 받으며 등교했고, 학교에서 모루를 만났다. 모루는 내 옆자리였다. 4교시까지의 지루함을 참아 낸 뒤 점심시간에 함께 급식을 먹었다. 밥을 먹은 후에는 운동장을 빙글빙글 돌며 별시답잖은 대화를 나눴다. 차 소리에 교문을 보자 막 진입하는 새엄마의 차가 보였다. 제대로 닫히지 않아 덜렁이는 트렁크에는 스노볼이 한가득이었다. 하늘에서 눈이 내리기 시작하자 곳곳에서 사람들이 모여들었다. 우리는 운동장의 눈을 끌어모아 몸집만 한 눈사람을 만들었다. 나와 모루가 만든 눈사람은 그중에서도 제일 못생겼다.

정신을 차렸을 때 맨 처음 눈에 보인 것은 새파랗게 빛나는 형광등과 아빠의 뒷모습이었다. 그래서 나는 내가 서울의 집에 있다고 생각했다. 낯설고 친절한 운전기사 유진과의 드라이브나 강도들, 새엄마를 묻어 준 일, 센터에서의 일상 같은 건 전부 꿈인 줄로만 알았다. 아주 길고 혼란한 꿈을 꾼 기분이었고, 현실로 돌아왔다는 사실이 슬펐다. 나는 계속 그 꿈 안에 있고 싶었다. 사지를 들쑤시는 통증과 함께 상체를 일으키고서야, 이곳이 센터의 의무실이라는 사실을 깨달았다. 맞은편에 걸린 조그만 거울을 바라보았다. 손등과 목을 비롯해서 얼굴까지, 눈에 노출되었던 피부는 전부 붕대와 거즈에 칭칭 감겨 꼭 미라 같아 보였다.

마지막 기억은 눈사태였다. 넋이 나간 모루를 이끌고 컨테이너 안에 숨었다. 그때는 나 같은 건 어찌 되어도 상관없으니, 모루를 살리고만 싶었다. 하루를 쫓을 때를 제외하고 그렇게 뛴 것은 처음이었다. 주위를 둘러보았다. 가림막이 쳐져 있어 다른 침상이 보이지 않았다. 그것을 걷기 위해 손을 뻗으려는 순간, 내가 깨어난 것을 눈치챈 의무실 직원이 다가와 나를 다시 눕혔다.

"아직 움직이면 안 됩니다. 발진 부위에 소독약을 바른 지 얼마 지나지 않았어요."

모루는 어디에 있지? 분명 정신을 잃기 전까지는 함께였는데. 직원의 손을 붙잡고 모루의 행방을 물으려는데 목소리가 잘 나오지 않았다. 쉿소리만 나는 목을 붙잡고 헛기침을 했더니 직원이 다 안다는 듯이 말했다.

"목도 많이 부었어요. 소리 내기 힘드실 겁니다. 일단 쉬세요."

"모루, 모루는요."

끔찍한 소리가 났다. 직원은 알코올 솜으로 거즈 안쪽을 닦으며 말했다.

"눈사태에 휘말리셨어요. 컨테이너가 거의 묻혀 있어서 찾기 힘들었을 텐데, 함께 있었던 분이 다행히 환풍구 뚜껑을 열고 나와서 소리쳐 준 덕분에 빨리 찾을 수 있었어요. 조금만 늦었어도 위험했을 거예요."

"걔는 어딨어요?"

직원이 가림막을 눈짓하며 답했다.

"옆 침대에 누워 계세요. 방독면을 하고 계셨어서 그쪽보다 안 다쳤어요."

다행이라는 생각밖에 들지 않았다. 긴장이 풀리자 그제야 피부의 통증이 느껴졌다. 얼굴 곳곳이, 거즈를 대 놓은 모든 부위가 화상을 입은 것처럼 아팠다. 직원은 곧 가림막 너머로 넘어갔고, 나는 가만히 누워 있는 모루의 발끝을 보았다. 마찬가지로 거즈를 붙이고 있었다.

"일어났니?"

의사와 이야기를 끝내고 다가온 것은 아빠였다. 아빠는 마지막으로 보았을 때보다 약간 초췌했지만 크게 달라 보이지는 않았다. 그가 어떻게 이곳에 있는지 궁금했다. 내가 아무 말도 하지 않자 아빠는 침대 끄트머리에 걸터앉아 안경을 닦았다. 눈가의 주름이 더 깊어진 것 같기도 했다. 아빠가 먼저 입을 열었다.

"소각장에 구조대를 보낸 건 나다."

어느 정도 예상한 사실이었다. 모루는 늘 소각장에서 조난 당하지 않게 조심해야 한다고 툴툴거렸다. 센터는 절대 직원을 위해 구조대를 보내지 않는다고.

"내가 아니었으면 넌 죽었을 수도 있어."

그가 무슨 말을 하고 싶은 것인지 알 것 같았다. 결국에는 자신의 말을 따르라는 이야기를 하고 있는 것이다.

"도대체 어쩌자고 이런 데 있었던 거냐? 눈이 그쳤으니 내일 바로 도시의 큰 병원으로 이동할 거다. 치료한 후에도 돌아올 필요 없어. 집으로 가자. 센터장하고는 다 이야기해 됐다."

그 말을 하는 내내 아빠는 내 눈을 마주치지 않았다. 안경을 벗고서 초점을 가늠할 수 없는 멍한 시선으로 의무실의 창밖 어딘가를 응시하고 있었을 뿐이다. 아빠는 늘 그랬다. 그는 단 한 번도 나를, 사고 이후의 새엄마를 제대로 직시한 적이 없다. 늘 피하기만 했다. 땅속에 머리를 박는 타조처럼 보이지 않으면 없는 줄 알지. 나는 아빠를 따라 창을 바라봤다.

눈은 그쳤지만 센터 1층 의무실 창가 바로 밑까지 눈이 쌓여 있었다. 높이 쌓인 눈은 햇빛을 받아 정신없이 반짝였다. 눈이 시려웠던지, 아빠가 다시 안경을 썼다.

"짐도 챙길 것 없어. 미리 다 보냈다. 기억해. 내일이야."

그 말을 남기고서 아빠는 의무실을 나갔다. 헛웃음이 흘러나왔다. 집, 집이 더 이상 무슨 의미가 있을까? 폭설이 지나간 후의 하늘은 맑았고, 의무실을 비추는 햇볕은 따뜻했다. 나는 하반신을 덮은 담요를 꽉 움켜쥐었다. 누워 있어야 한다는 직원의 말을 무시하고 한 발을 침대 아래로 내렸다. 관절이 삐거덕거리는 게 고스란히 느껴졌다. 앓는 소리가 절로 나왔다. 슬리퍼에 간신히 한 발을 꿰어 넣었는데 그 순간 가림막이 단숨에 젖혀졌다. 양 손등에 큼지막한 거즈를 두른 채, 두 발로 서서 나를 보고 있는 건 모루였다. 일렁이는 두 눈이 오롯이 나를 향하고 있었다. 나는 모루가 입술을 너무 꽉 물고 있어서 아플 것 같다는 생각을 했다.

"떠나는 거야?"

뭐라고 답해야 할지 모르겠다. 가기 싫었다. 한번 도망쳐 온 곳으로 돌아가는 건 최악이다. 그런데 갈 곳이 없었다. 아빠가 센터장과 이야기를 끝냈다고 했으니, 더 이상 이곳에 있을 수는 없을 것이다. 모루에게 열쇠고리를 전했고, 더 머물 이유도 없었다. 내게서 말이 없자 모루가 한발 앞으로 다가왔다. 그러고는 나를 내려다보며 물었다.

"돌아가고 싶어?"

여기에는 확실하게 답할 수 있었다. 나는 고개를 가로저었다. 모루의 표정이 얼핏 풀어진 것 같았다. 하지만 여전히 화가 난 것처럼 굳은 얼굴이긴 했다. 유진을 닮아 조금 연한 모루의 눈이 나를 직시했다.

"네가 믿어 달라고 했지. 그 말에 책임져."

"어떻게?"

모루가 다가와 내 손목을 붙잡았다. 손바닥이 꼭 불이라도 날 것처럼 뜨거웠다.

"계속 이모를 찾는 거야. 그러니까, 나랑 여기를 떠나."

*

다음 날 아빠는 저녁이 되어서야 나를 데리러 왔다. 다행히 약을 챙겨 먹고 연고를 덕지덕지 바른 뒤 하루를 꼬박 쉬자, 눈으로 인한 증상들은 많이 가라앉았다. 삐거덕거리기는 했지만 움직이는 데에도 지장이 없었다. 나는 얼굴에 큼지막한 거즈를 붙인 채 이민 가방을 들고 아빠의 차 뒤쪽으로 다가갔다.

"가방 신게 트렁크 좀 열어 줘요."

아빠가 미간을 찌푸리며 물었다.

"네 짐은 어제 다 보냈는데. 그건 뭐야?"

"여기서 새로 생긴 짐이요. 그래도 한 달이나 있었는데."

아빠는 별말 없이 트렁크를 열었고, 나는 가방을 실은 뒤 순순히 차에 올랐다. 나는 오랜만에 마주한 그를 향해 물었다.

"혼자 왔네요."

아빠는 답했다.

"내가 직접 널 데리러 오면 안 되는 거냐?"

"원래 안 그랬잖아요."

"기사가 그만뒀다. 일이 바빠서 새 기사를 구하지 못했어."

그러고는 일을 제대로 하는 사람이 없다며 한참을 툴툴거렸다. 아빠의 세단은 흉물스러운 조형물을 지나 센터의 정중앙을 가로질러서 입구의 차단봉 앞에 섰다. 미리 나와 있던 센터장과 감독관들이 일렬로 서서 아빠를 배웅했다. 나는 그게 좀 우습다고 생각했다. 아빠는 인사치레를 마치고 느긋하게 센터를 빠져나왔다. 익숙한 출근로를 지나서 10분 정도 더 달렸다. 제2소각장 주변을 빙 돌아 시내로 진입하는 길목이었다.

나는 고개를 돌려 창밖을 보는 척 모루가 룸메이트를 통해 만들어 준 새끼손톱만 한 팩을 입에 넣었다. 가짜 피가 들어 있는 팩이었다. 그리고 다시 앞을 보다가 앓는 소리를 내며 거즈 위를 긁어 댔다. 아빠가 내 쪽을 흘끔거리는 게 느껴졌다.

시내에 진입하기 전 마지막 커브 길이 나타났을 때부터는 셔츠를 걷어 올리고 거즈 위로 팔뚝을 마구 긁어 대기 시작했다. 거즈는 너덜너덜 떨어졌고 실제로도 눈물 나게 아팠지만 실감 나는 연기를 위해서라면 어쩔 수 없었다. 운전을 하던 아빠의 얼굴이 창백하게 질렸다. 나는 차를 멈춰 세우기 위해 마지막으로, 입안에 머금고 있던 피 주머니를 터뜨렸다. 입을 틀어막고서 혼신의 힘을 다해 기침을 쏟아 냈다. 손가락 틈새로 피가 묻어나는 것을 본 아빠가 급하게 차를 멈춰 세웠다. 그가 당황한 얼굴로 중얼거렸다.

"분명 괜찮다고 했는데……."

"답답해요. 잠깐만 내려서 바람 좀 쐬어야겠어요."

아빠는 할 말을 잃은 듯 고개만 끄덕였다. 나는 차에서 내린 후 계속 기침이 나오는 척 연기하며 뒤쪽으로 향했다. 트렁크를 들어 올린 후 이민 가방을 열자 안에서 모루가 크게 숨을 들이마시며 튀어나왔다.

"와, 진짜 답답해서 뒈지는 줄 알았어."

모루가 기지개를 펴며 가방 안에서 빠져나왔다. 다행히 큰 체구가 아니었던지라 가능했다. 모루가 나오면서 가방 안에 잔뜩 들어 있던 보습제들이 딸려 나왔다. 가방을 빌려준 주영이 여행 선물이라며 잔뜩 만들어 준 포도 향 보습제였다. 모루가 떨어진 것 중 하나를 주워 주머니에 집어넣었다. 슬쩍 앞쪽을 바라봤다. 아빠는 운전석에서 누군가에게 다급히 전화를 걸고 있었다.

"이런 거밖에 못 구했어. 괜찮겠지?"

모루가 챙겨 온 것을 내밀었다. 소각장의 재활용 더미에서 빼내 온 깨진 유리 조각이었다. 어차피 진짜로 쓸 것은 아니었으므로 충분해 보였다. 나는 유리 조각을 건네받고 다시 조수석에 올라탔다. 아빠는 나를, 정확히는 입 부근에 묻은 가짜 피를 흘긋 보고는 통화를 이어 갔다.

"아무래도 알레르기 증상이 재발한 것 같습니다. 이쪽으로 바로 와 주십시오. 백영2고개 도로입니다."

다행이었다. 도로에 버리고 가도 금방 구급차가 올 테니 괜찮을 것이다. 나는 전화를 끊는 아빠를 향해 말했다.

"급히 부를 필요 없는데. 이거 가짜예요."

입가의 피를 문질러 그의 앞에 들이밀었다. 가까이서 보면 아무래도 물감인 티가 나는 법이다. 아빠의 표정이 처참히 일그러졌다. 무어라고 그가 소리 지르려는 찰나 나는 유리 조각을 내 목으로 겨눈 채 말했다.

"차만 잠시 빌릴게요. 내려요."

아빠는 꼼짝도 하지 않았다. 몸싸움은 체격상 불리했다. 나는 내 목덜미를 겨눈 유리 조각에 힘을 줬다. 꾸욱 누르자 싸한 통증과 함께 한 줄기 피가 흘렀다. 아빠가 욕설을 지껄이며 나를 향해 팔을 뻗는 순간이었다. 나는 유리 조각을 쥔 손에 힘을 꽉 주며 눈을 질끈 감았다. 그때 운전석 문이 열리고 모루의 목소리가 들려왔다.

"아저씨, 애 죽는 거 보고 싶어요?"

모루가 곱게 간 돈가스 칼을 아빠의 턱 아래로 들이밀고 있었다.

"진짜 차만 빌린다니까요!"

아빠가 양손을 들며 항복 자세를 취했다. 모루가 위협하듯이 다시 한번 칼을 흔들었다. 아빠는 순순히 차에서 내렸다. 그를 밀어내고 순식간에 운전석을 차지한 모루가 차를 잠갔다. 그 후에 심호흡을 몇 번 하곤 나를 향해 씩 웃으며 말했다.

"나 잘했지?"

"응."

"이제 그거 좀 떼. 보는 내가 아프다."

모루가 손수건을 내밀었다. 손수건에서는 모루의 냄새가 났다. 나는 그걸로 상처를 틀어막았다. 차를 빼앗긴 아빠가 운전석 창문을 거칠게 두드려 댔다. 모루가 시동을 걸며 물었다.

"괜찮겠어?"

나는 정면을 바라보며 답했다.

"응. 괜찮아. 어차피 곧 구급차가 여기로 데리러 올 거야."

"그거 말고. 너 말이야."

모루가 나를 바라봤다. 나도 모루를 바라봤다. 모루가 모는 차가 달리기 시작했다. 이미 우리는 센터를 나왔고, 도로에 있다. 이제 달리는 일밖에 남지 않은 것이다. 나는 고개를 끄덕였다. 모루가 속력을 높였다. 아빠는 이미 저 뒤로 멀어져서 점이 되어 사라졌다. 차창을 조금 내리자 찬 공기가 스며들었다. 모루가 말했다.

"정말 네 말대로 이모가 언젠가 돌아온다면, 이 세상에 아직 있다면 말이야. 달리다 보면 마주치지 않을까? 나는 도저히, 가만히 기다리는 것은 이제 못 하겠어."

나는 가만히 모루를 응시했다. 모루는 그날의 유진처럼, 오로지 정면을 바라보고 있었다. 여느 곳과 다름없이 창밖으로 설원이 펼쳐졌고, 쌓인 눈에 햇빛이 반사되어 물비늘처럼 반짝였다. 모루가 한 손으로 주머니를 뒤져 뭔가를 꺼냈다. 유진이 매달고 다니던 열쇠고리. 그 애가 그걸 내게로 던졌다.

"백미러에 네가 좀 걸어 줘. 나 운전 중이니까."

그 애의 말을 고분고분 따랐다. 유진이 나에게 넘겨준 걸, 다시 내가 차의 정중앙에 걸고 있었다. 기분이 이상했다. 창밖으로 펼쳐지는 풍경은 유진의 트럭을 탄 그날과 같았는데 내 옆에 앉은 건 유진이 아닌 백모루다. 설원은 가도 가도 끝이 없었다. 시내에 진입한 이후에도 하얀 풍경은 별반 다르지 않았다. 우리는 학교를 지나, 모루의 빌라를 지나 백영시 바깥으로 달렸다. 내가 말이 없어 심심했는지 모루가 라디오를 틀었다. 주파수가 잡히지 않는 채널을 지나 음악이 흘러나오는 곳에 닿았다. 하루 종일 무작위로 음악을 송출해 주는 채널이었다. 지금 나오는 건 유진의 트럭에서 들었던 것과 비슷한 재즈곡이다.

도시를 빠져나와 큰길을 달리는데 모루가 입을 열었다.

"사실 네가 싫다고 해도 강제로 데려갈 생각이었어."

나는 여전히 쇳소리가 나는 목으로 답했다.

"나도 마찬가지야."

"만약에, 언젠가 이 여행이 끝난다면, 그때까지 네가 그 자리에 있어 준다면…… 사진을 줄게."

졸업식에서 찍은 필름 사진. 발밑의 하루가 컹컹 짖어 댔다. 모루가 모는 차는 어느새 톨게이트 부근까지 도달했다. 목적지가 없는 여행이라니. 문득 떠오르는 게 있었다. 녹슨 구조물이나 마찬가지인 톨게이트를 지나기 직전 나는 모루를 멈춰 세웠다.

"여기 잠시만 내려 줘."

모루는 미간을 구기며 이제 와서 도망갈 생각은 말라는 둥의 악당 같은 대사를 내뱉고서야 멈췄다. 나는 내가 숨어 있었던 검표 부스 앞으로 다가갔다. 문을 열고 테이블 밑을 뒤졌다. 세워 뒀던 사냥총은 그 자리에 그대로 있었다. 나는 그

것을 들고서 다시 차에 올라탔다. 모루가 눈을 동그랗게 뜨며 중얼거렸다.

"총……."

"호신 물품 하나쯤은 필요하지 않을까 해서."

그 말에 모루가 아주 살짝, 미소 지었다. 모루의 웃음을 본 내 입꼬리도 아주 살짝 곡선을 그렸다. 모루가 다시 달리며 말했다.

"우리는 일단 남쪽으로 갈 거야."

남쪽, 나는 모루를 따라 소리 내어 보았다. 남쪽.

"남쪽에는 아직 포도를 재배하는 곳이 있대."

새벽이 다가오고 있었다. 푸르스름한 창밖의 풍경이 늦은 오후의 하굣길처럼 느껴졌다. 나는 문득 곁에 하루가 아닌 누군가가 함께하는 하굣길이 처음이라는 사실을 깨달았다. 어둑한 하늘에 하얀 것들이 휘날렸다. 차창을 열고 손을 내밀어 떨어지는 것을 받았다. 그것들은 기분 좋은 냉기와 함께 금방 녹았다. 모루는 여행이 끝나면 사진을 주겠다 했지만 나는 이 여정에 목적지 따위가 없으면 좋을 것 같았다. 목적지가 있는 여행은 지루하니까. 창을 닫고 운전대를 쥔 모루를 바라봤다. 모루가 안전벨트를 매라며 턱짓했다. 나는 얌전히 그 말에 따랐다. 꼭 영원히 달릴 수 있을 것 같은 기분이 들었다.

작가의 말

이 글을 처음 쓰기 시작했을 때는 여름이었습니다. 이상 기후라는 단어가 유난히 와닿는 계절이었고 저는 주말마다 일하는 곳의 휴게실에서 빗소리를 들었습니다. 하늘에서 떨어지는 물방울이 그렇게 위협적인 소리를 낼 수 있다는 걸 처음 알았어요. 천둥과 번개가 함께 칠 때면 뭔가 잘못되고 있다는 기분과 함께 그 기분에 대해서 써야만 한다는 생각이 들었습니다. 마음만 앞서서 흰 화면이 막막했던 어느 날 누군가 휴게실에 가져다 놓은 장식품을 보면서 지금은 지워진 첫 문장을 썼습니다. 그렇게 나온 게 이 소설입니다. 여름에 겨울의 소설을 쓴 까닭은 순전히 제가 눈을 좋아하기 때문입니다.

폭우도, 폭설도 많은 한 해였습니다. 이야기 속에서 눈이 그치지 않았듯이 우리 세상이 어느 날 갑자기 온화해질 리는 없지만, 또 이미 착실히 이상 징후들이 몰려오고 있는 것 같지만, 그럼에도 그 속도를 낮출 수 있도록 노력은 해 봐야지 않을까 싶습니다. 우리가 사는 곳이 바로 이곳이니까요.

초고를 완성하기까지 꽤 오래 괴로워했습니다. 두 번 멈추었고, 그대로 고꾸라질 뻔했는데 세 번째에 어떻게든 나아갈 수 있는 힘을 얻었습니다. 불길한 봄에 만난 친구들과 늘 격려를 아끼지 않는 가족, 그리고 이야기를 기다려 주신 모두들 덕분입니다. 이월과 모루가 끝내 구덩이에 빠지지 않고 달려나갈 수 있도록 조언을 아끼지 않아 주신 정기현 편집자님께도 감사의 말을 남깁니다.

늘 그렇지만, 작가의 말을 마무리 짓는 일은 매번 어렵네요. 모쪼록 이월과 모루의 여정을 즐겁게 상상해 주시기 바랍니다. 이월의 이름은 입춘이 든 달에서 따왔습니다. 모루의 옆에 타고 있는 것은 봄이니, 설원을 달리는 과정이 많이 춥지는 않을 것입니다.

2021년 2월
조예은

추천의 말

김초엽(소설가)

재난이 아직 떠나지 않은 겨울에 『스노볼 드라이브』를 읽는다. 순식간에 한국을 뒤덮어 버린 괴설과, 하얗게 황폐한 도시를 내달리는 모루와 이월의 이야기를. 눈은 모든 진실과 거짓을 파묻어 버릴 것처럼 쏟아진다. 이 영원한 겨울은 스노볼 속의 세계처럼 고독하고 아름답지만, 그 풍경에서 결코 벗어날 수 없다는 점에서는 끔찍하고 기괴하다.

처음에는 모형으로 축소해 놓은 현재를 들여다보는 기분으로 읽기 시작했다. 그런데 책장을 넘기던 중 문득 내가 이미 이 스노볼 안에 들어와 있다는 것을 알았다. 한때 습관처럼 말하던 '다 망했으면 좋겠다'는 말을 다시 생각했다. 아침이 되면 한순간에 모두가 눈을 감는 평온한 멸망 같은 것은

없다고, 이 소설은 거듭해서 말해 준다. 멸망을 눈앞에 두고
도 사실은 죽지 못해 꾸역꾸역 살아가야 한다고. 그러니까 그
건 우리가 모두 외면하는 멸망의 진실이다.

　그런데 『스노볼 드라이브』의 아름다운 순간은 모루와 이월
이 그 진실을 너무나 처절하게 직면하면서도, 여전히 눈길 위
로 달리기를 선택하는 장면들에 있다. 그들은 세계를 포기하
기 위해서 도망치는 것이 아니라 이 끔찍한 세계 속에서도 함
께 있을 사람을 찾아내기 위해 떠난다. 모루와 이월의 여행을
따라가면서, 그들이 설원 위에 긋는 무수한 자국들을 상상한
다. 또다시 그 위에 눈이 쌓이더라도, 오직 내달리는 사람의
열기만이 이 세계를 조금씩 녹인다는 것을 이제는 어쩐지 알
것 같다. 언젠가 눈이 내리고 내려서 더 내릴 눈이 없는 어느
날을, 눈길 위에서 처음으로 겨울의 끝을 목격하는 두 사람의
얼굴을 그려 보고 싶었다.

추천의 말

인아영(문학평론가)

모든 것이 다 망해 버렸으면 좋겠다고 바라던 어느 초여름, 함박눈이 쏟아져 내린다. 그런데 그 눈이 녹지 않고 몇 년째 내린다면 무슨 일이 일어날까? 그리고 이 눈이 그친다면 우리는 이전의 일상으로 돌아갈 수 있을까? 조예은의 『스노볼 드라이브』에는 장기화되고 있는 팬데믹과 유례없는 기후 변화를 통과하며 재난을 일상으로 겪고 있는 지금 우리의 현실이 날카롭게 담겨 있다.

이 소설은 녹지 않는 눈이 쌓여 특수 폐기물 매립지역이 된 디스토피아를 그린 SF 소설인 동시에 스노볼 하나를 남기고 사라져 버린 이모를 추적하는 미스터리 스릴러이기도 하고, 가정환경과 외모와 성격까지 모두 달라 보이지만 본능적으로 서로의 특별함을 알아보는 모루와 이월 두 사람이 점점 가까워지는 휴먼 드라마이기도 하다. 전작들과 마찬가지로 장르적인 문법을 능숙하게 활용하면서도, 재기발랄한 상상력과 탄탄하고 정교한 구성, 그리고 기후, 환경, 동물 문제 등 동시대 사회 문제를 예민하게 감각하여 좋은 이야기로 풀어내는 조예은의 솜씨는 이번 소설에서도 여전하다.

녹지 않는 눈, 전 세계를 덮어 버리는 눈, 일상을 망가뜨리며 끊임없이 쏟아져 내리는 눈, 사람과 동물과 쓰레기와 진실을 모두 감추어 버리는 눈, 그 재난의 한가운데에도 반짝이는 마음들이 있다. 알 수 없는 결정체로 이루어져 있고 알레르기 증상을 만들어 내며 심지어는 폭설과 산사태가 되는 이 어마어마한 눈은, 동시에 하얗고도 투명한, 빛을 다각도로 반사하는, 그래서 우리가 사는 일상에 무지개를 만들어 내는 아름다운 눈송이이기도 하기 때문이다. 조예은은 그 반짝이는 눈송이를 발견하는 마음을 조심스럽고 정성스럽게 빚어내어 우리에게 건네주고 있다. 그렇기에 몇 년째 녹지 않는 눈이 내리는 도시의 풍경은 우울하면서도 감각적으로 빛나고, 그 안에서 살아가는 사람들은 각기 다른 상처로 괴로워하면서도 다정한 매력을 잃지 않는다.

이 소설에는 재난으로부터든, 폭력으로부터든, 심지어 사랑으로부터든, 상처받지 않을 수 없는 이 세계에서 흠집을 무늬로 만들어 버릴 수 있는 용기가 있다. 돌이킬 수 없이 모든 것이 무너져 내리고 있는 이 세계에서 부서지지 않고 꿋꿋하게 살아남을 수 있는 용기. 사방이 눈으로 막혀 어디로도 도망갈 수 없는 세계에서 서로의 손을 맞잡아 더욱 단단해질 수 있는 용기. 『스노볼 드라이브』는 바로 그 용기에 관한 소설이다. 이 소설의 마지막 장을 덮은 독자라면 목적지가 어디든 그 용기를 나눌 수 있는 사람과 함께라면 영원히 달려 보고 싶은 마음을 품게 될 것이다.

오늘의
젊은 작가
31

스노볼 드라이브

조예은 장편소설

1판 1쇄 펴냄 2021년 2월 15일
1판 14쇄 펴냄 2024년 4월 29일

지은이   조예은
발행인   박근섭·박상준
펴낸곳   (주)민음사

출판등록   1966. 5. 19. 제16-490호
주소   서울시 강남구 도산대로1길 62(신사동)
             강남출판문화센터 5층(06027)
대표전화   02-515-2000 | 팩시밀리   02-515-2007
홈페이지   www.minumsa.com

ISBN   978-89-374-7331-9 (04810)
ISBN   978-89-374-7300-5 (세트)

01 아무도 보지 못한 숲   조해진

02 달고 차가운   오현종

03 밤의 여행자들   윤고은

04 천국보다 낯선   이장욱

05 도시의 시간   박솔뫼

06 끝의 시작   서유미

07 한국이 싫어서   장강명

08 주말, 출근, 산책 : 어두움과 비   김엄지

09 보건교사 안은영   정세랑

10 자기 개발의 정석   임성순

11 거의 모든 거짓말   전석순

12 나는 농담이다   김중혁

13 82년생 김지영   조남주

14 날짜 없음   장은진

15 공기 도미노   최영건

16 해가 지는 곳으로   최진영

17 딸에 대하여   김혜진

18 보편적 정신   김솔

19 네 이웃의 식탁   구병모

20 미스 플라이트   박민정

21 항구의 사랑   김세희

22 두 방문객   김희진

23 호재   황현진

24 방콕   김기창